내일도 둥근 해가 뜰까요?

내일도 둥근 해가 뜰까요?

초판 1쇄 발행 2018년 12월 20일

지은이 나하나
펴낸곳 도서출판 사과나무
펴낸이 권정자
등록번호 1996년 9월 30일(제11-123)
주소 경기도 고양시 덕양구 충장로 123번길 26, 301-1208
전화 (031) 978-3436
팩스 (031) 978-2835
이메일 bookpd@hanmail.net
블로그 http://blog.naver.com/giruhan
트위터 @saganamubook

ISBN 978-89-6726-035-4 03810

* 값은 뒤표지에 있습니다.
* 이 도서는 2018 경기 히든작가 공모전 당선작입니다.

이 도서의 국립중앙도서관 출판시도서목록(CIP)은 서지정보유통지원시스템 홈페이지(http://seoji.nl.go.kr)와 국가자료공동목록시스템(http://www.nl.go.kr/kolisnet)에서 이용하실 수 있습니다.(CIP제어번호: CIP2018035772)

내일도 둥근 해가 뜰까요?

나하나 지음

사과나무

누구에게나 고통은 있습니다.

그 모양과 색이 다를 뿐이죠.

가장 큰 위로는 내 이야기를 들려주는 것입니다.

저의 이야기를 들려드립니다.

차례

7장
함께하는 세상

로코모코

로코모코(Loco moco)는 하와이 전통요리입니다. 흰 밥 위에 햄버거 페티와 계란 프라이를 얹고 그레이비(gravy) 소스를 두른 요리인데, 로코모코를 주문할 때면 으레 쉐프가 묻는 말이 있습니다.

"Sunny side up?"

이 말은 덜 익힌 계란 노른자가 위로 가게 해줄까를 묻는 말입니다. 나는 덜 익힌 계란을 싫어하지만 기다렸다는 듯이 대답합니다.

"Sunny side up."

이 말을 글자 그대로 해석하면 '해가 위를 바라본다'는 뜻입니다. 내 인생에도 해가 필요했으니까요. 그렇게 해가 뜰 것을 믿고 해가 뜨기를 바라면서 15년 동안 하와이에서 부지런히 로코모코를 먹었습니다.

나도 언젠가 떠오르는 해처럼 동그랗게 웃을 날이 있을 거라 믿고 먹었습니다. 시간이 많이 흐른 지금도 계란 프라이 가운데 있는 동그란 노른자를 보면 나는 저절로 입안에서 중얼거립니다.

"Sunny side up."

1장

유치원 화재

불이 나던 날

우리나라의 10월 기후는 '시원함' '선선함'입니다. 그러나 나는 한국의 가을을 '뜨거움'으로 기억합니다.

1989년 가을에 나는 여섯 살 유치원생이었습니다. 퇴계로에 있는 교회 부설 유치원에 다녔습니다. 나는 2층 다람쥐 반에, 나보다 한 살 어린 내 남동생은 1층 기린 반에 다녔습니다. 유치원 화재 사고가 나던 그해 엄마는 셋째를 임신하고 있었습니다. 엄마는 아침마다 남동생과 나에게 노란 유치원복을 입히고 남매가 나란히 손 잡고 유치원에 들어가는 모습을 한참 동안 바라보셨습니다.

불이 나던 날 아침, 나는 동두천 할머니 집에 있었습니다. 엄마는 유치원에 가야 한다며 나를 데리러 아침 일찍 할머니네로 왔습니다. 할머니는 "꿈자리가 좋지 않은데 꼭 아이를 데려가야겠냐?" 했지만 잦은 유치원 결석이 맘에 걸린 엄마는 서둘러 나를 집으로 데리고 왔습니다. 손녀딸과의 헤어짐이 내심 서운했지만 할머니는 어쩔 수 없이 다음 만남을 기약했습니다.

손재주 많은 할머니는 게스 청바지 공장에 다니셨는데 간혹 남은 자투리가 있으면 그 천을 모아두었다가 옷을 만들어 내게 입혀 주었습니다. 그날, 나일론 유치원복 대신 할머니가 만든 청재킷과 청치마를 입고 유치원에 갔습니다. 할머니가 만들어 입혀 준 청재킷과 청치마가 화재로부터 덜 다칠 수 있게 나를 보호해 준 셈이었습니다.

할머니는 내게 정말 특별한 분입니다. 화상 치료를 받으면서 영험한 할머니를 경험했습니다. 내가 병원에서 치료 받다가 까무룩 숨이 멎는 순간이 몇 번 있었습니다. 그럴 때마다 할머니가 죽어가는 내 영혼 속으로 들어와 외치는 것 같았습니다. 간절하게 소리치는 것 같았습니다.

"돌아오라, 뜨거운 곳으로 가지 말고, 어여 추운 곳으로 몸 찾아 돌아오라"고 열 번 백 번 소리치는 것 같았습니다. 산소호흡기로 겨우겨우 버티던 중 블랙홀 같은 곳으로 빨려 들어가곤 했는데 그럴 때면 할머니의 외침 덕분에 나는 내 몸을 찾아 들어와 죽지 않고 살았습니다. 할머니는 그 좋아하시던 공장 일을 쉬고 서울로 올라와 중환자실에 있는 나를 오랫동안 보살펴 주셨습니다. 살아가면서 힘들 때마다 죽음 앞에서 들었던 할머니의 외침을, 할머니의 목소리를 떠올립니다. 할머니는 하늘에서 내게 보내 주신 수호천사입니다.

유치원 친구들이 내 청재킷과 청치마가 예쁘다며 구경했습니다. 나도 마음에 들었습니다. 여느 날처럼 친구들과 소꿉놀이를 하며 놀았습니다. 그때 문틈으로 연기가 들어왔습니다. 순식간에 교실은 연기로 뒤덮였습니다. 뿌연 연기 속에서 선생님과 친구들을 애타게 불렀습니다. 연기가 새어 들어왔던 문이 불타고 있었습니다. 숨

6살, 화재 이전의 모습

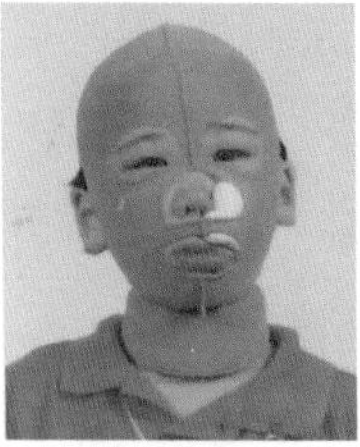
다치고 나서 치료 중인 모습

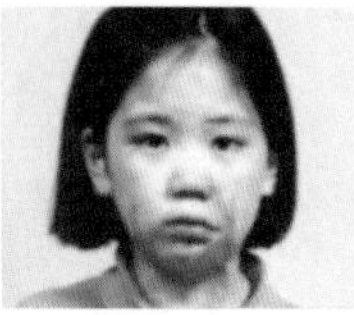
몇 차례의 수술 이후의 모습

이 잘 쉬어지지 않았습니다.

어떤 친구는 나무로 된 사물함으로 숨고, 어떤 친구는 커튼 뒤로 가서 몸을 칭칭 감았습니다. 커튼 뒤에 숨은 아이는 불을 피한 게 아니라 불구덩이로 들어간 것이나 마찬가지였습니다.

우왕좌왕 울고 소리 지르면서 숨을 곳을 찾는 우리를 보호하고 이끌어주는 어른은 한 사람도 없었습니다. 다람쥐 반 담임 선생님은 우리 6세 반 아이들이 죽어가는 동안 아이들을 버려두고 교실 문을 잠그고 도망을 갔습니다. 겁에 질린 아이들이 선생님께 매달리고 소리 지르자 선생님은 그렇게 행동했습니다. 이후 선생님은 처벌을 받았습니다. 선생님 역시 경험해 보지 못한 두려움 속에서 용서받지 못할 실수를 했다며 울부짖었습니다.

나와 가족들은 선생님을 용서했습니다. 살면서 선생

님을 원망했던 적은 없습니다. "선생님도 두려웠겠구나, 그래도 문은 잠그지 말지…"하고 생각합니다.

사고 당시, 나는 교실 바닥 가장 밑에 기절하여 깔려 있었다고 합니다. 그 밑에 깔려 불길을 피한 덕에 목숨을 건질 수 있었다고 합니다. 1989년 10월 16일 퇴계로에 있던 서울침례교회 부설유치원 화재 사건입니다. 6명의 아이가 숨지고 나는 생존 아이 7명 중 하나입니다.

우리 엄마

아래층에는 남동생이 다니는 기린 반이 있었습니다. 동생네 반은 마침 체육시간이어서 교실 밖으로 나가 운동장 수업을 하고 있었습니다. 엄마는 화재 소식을 듣고 만삭의 배를 부여잡고 유치원으로 달려오는 동안, 멀리서부터 무서운 검은 연기를 보면서 심장이 요동쳤다고 합니다. 6세 반 딸아이와 5세 반 아들아이가 동시에 참담한 사고를 당할 수밖에 없는 상황입니다.

유치원 출입구에 도달할 무렵, 엄마는 더 이상 당신의 몸이 말을 듣지 않아 그 자리에 주저앉아 떠오르는 대로 무작정 주기도문과 머리에 맴도는 성경 구절을 반복 암송하며 호흡을 이어갔다고 합니다.

우리 반은 2층에 있었는데 경사가 꽤 심한 비탈길에 지어진 건물이라 그 높이가 상당했습니다. 불이 난 것을 보고 먼저 모인 사람들이 아이들을 구하기 위해 창문으로 뛰어내리라고 외쳤다고 합니다. 나는 그 외침을 듣지 못한 채 질식했습니다. 그 외침을 들었다 한들 그 높이에서 뛰어내릴 용기가 없었을 뿐더러 뾰족 창처럼 생긴 방범용 가벽이 평소에도 창밖을 내다볼 때마다 무서웠기 때문입니다. 용기 있는 몇몇 친구들이 창문으로 뛰어내렸다고 합니다. 팔다리가 부러졌지만 목숨은 건졌다고. 나처럼 기절한 아이들도 있고 숨진 아이들도 있었습니다.

"하늘에 계신 아버지여, 내 딸을 머리카락처럼, 눈동자처럼 보호해 주세요."

내가 기절해 불 속에 쓰러져 있는 동안 엄마는 불타는 건물 앞에 주저앉아 머리에 맴도는 암송을 가슴속으로 외치며 울부짖었답니다.

활활 타오르는 건물 옆 운동장 한쪽에 모여 있는 체육

복 입은 5세 반 아이들 속에서 남동생을 발견하자마자 엄마는 아무 말도 하지 못한 채 쓰러졌습니다. 내 동생은 무사했습니다.

엄마는 이날의 충격으로 셋째 아이를 조기 출산하게 되었는데 그렇게 태어난 막내 여동생은 다리가 휘어져 버려 태어나자마자 응급 수술을 받아야만 했습니다. 세상에 태어나 아빠, 엄마, 언니, 그리고 오빠의 사랑과 관심을 받아야 할 막내 여동생은 가족의 따뜻한 품이 아닌 차디 찬 수술대 위에서 다리 수술을 받고 인큐베이터에 들어가야 했습니다. 그런 내 여동생에게 늘 미안한 마음입니다.

그 후로 엄마는 오랜 시간 화병, 실어증, 마음의 병을 안고 살았습니다. 다친 나 때문에, 다리가 휘어져 태어난 내 동생 때문에, 당장 필요한 수술비 때문에 엄마는 하루를 힘겹게 겨우겨우 버티는 중이었습니다.

"물… 목 말라요…."

말할 수 없는 통증과 갈증 때문에 희미하게나마 정신이 들 때면 막내 여동생을 안은 채 나를 어루만지는 슬픈 엄마의 얼굴이 보였습니다. 연기를 많이 마셔 물을 마실 수 없는 딸아이에게 딱히 엄마가 해줄 수 있는 것이 없었습니다. 젖은 솜으로 메마른 딸의 입술을 축여주는 것뿐이었습니다. 고개 숙인 엄마의 모습이 저물어가는 한 송이 꽃 같았습니다.

나는 참담하게 많이 다쳤지만 눈, 눈썹, 그리고 머리카락만큼은 타지 않은 채 구조되었습니다. 불 속이라면 머리카락부터 타야 하는데, 그렇지 않은 내 모습을 보고 소방대원과 목격자들 모두 기적 같은 일이라고 말했습니다. 작디 작은 나를 불구덩이에서 꺼내 들어준 소방대원의 땀과 눈물 덕분에 나는 머리카락을 그대로 보존한 채 숨을 쉬고 있었답니다.

치료

화재가 나고 부모님은 나를 데리고 병원을 돌며 애원했습니다. 제발 살려만 달라고. 아니 받아만 달라고. 병원들은 중증 환자인 내가 치료받다가 죽을 것을 염려하여 나를 받아주지 않았습니다. 수술비 후불 제도나 보험 보상도 없던 시절입니다. 치료비조차 없던 나를, 살아날 가망성이 희박했던 나를 받아줄 병원은 없어 보였습니다. 그러던 중에 연세 세브란스 병원에서 나를 받아주었고 그 이후로 장기 입원이 시작되었습니다.

"이 아이들 꼭 살려야겠습니까?"

병원 응급실을 전전하며 찾아 돌아다닐 때 다친 아이들 부모들을 모아놓고 병원 관계자가 물었다고 합니다. 치료는 죽음보다 독하고, 살아도 산 것 같지 않으며 아이들이 감당하기에는 너무도 큰 고통이 기다리고 있음을 재차 강조하였다고 합니다.

단 한 명의 부모도 아이를 포기하지 않았답니다. 우리 부모님 역시 필사적으로 딸아이를 살려야 한다며 무릎 꿇고 사정했다고 합니다.

세브란스 아동 병동에서는 내가 입원하자 거울을 몽땅 치웠습니다. 나를 위한 배려였습니다. 그러나 나는 내가 얼마나 많이 다쳤고, 보통 아이들과 다른 얼굴을 하고 있는지를 알 수 있었습니다.

소독을 받다가 입에 거품을 물고 기절하기를 수십 번이었습니다. 화상 치료는 내가 배운 그 어떤 말로도 표현할 길이 없을 만큼 고통스러웠습니다. 나를 지켜보던 가족들도 오열하다 기절하기도 했고 죄 없는 의사 선생님께 달려들어 당장 치료를 멈추라고 훼방을 놓기도 했습니다. 내가 울고 소리 지르며 괴로워할 때 가족들은 그걸 지켜보아야 했습니다. 어떤 형벌이 이보다 더 끔찍할까요?

화재로 죽은 아이, 화상을 입은 아이, 그들의 부모와 가족들은 어떤 방법으로라도 세상 사람들에게 호소하기로 했습니다. 도움이 필요했습니다. 끔찍한 화상 상처를 그대로 가지고 있는 아이들 사진을 날것으로 인쇄하여 보여주었으나 관심 갖는 사람이 많지 않았습니다. CCTV가 없어 사고 규명이 되지 않았고 그렇게 7년간 소송을 쫓아다닌 끝에 부모님은 교회 유치원으로부터 위로금 2천만 원을 받았습니다. 부모님은 서명란에 '재소송을 하지 않는다'는 사인을 남겼습니다. 그땐 그것이 무엇인지 알지 못했다고 합니다.

치유

엄마가 가게 일을 끝내고 늦은 밤 병원으로 나를 보러 왔습니다. 엄마 얼굴을 보는 순간 아팠던 몸이 다 나은 것 같았습니다. 엄마는 내가 좋아하는 종이 인형을 가져와서 인형이랑 옷을 오려 주었습니다. 양손이 붕대로 감겨 있었던 나는 엄마에게 이 옷 입혀라, 저 옷 입혀라 졸랐습니다.

출산한 지 얼마 되지 않은 엄마는 산후조리라는 것은 생각할 겨를도 없었습니다. 낮에는 종일 일을 하고 저녁에는 병원에 와서 딸 시중을 들었습니다. 시린 뼈마디로 가위질을 하는 엄마와 양손을 붕대로 칭칭 감은 딸이 종이 인형 하나씩 들고 공주 놀이를 했습니다. 비좁은 병실 침대 위에서의 달콤한 시간이었습니다.

고단한 엄마는 딸아이 침대 앞에서 팔 벌린 종이 인형과 화려한 캉캉 원피스 인형 옷을 양 손에 나누어 들고 꾸벅꾸벅 졸았습니다. 엄마랑 함께 하는 이 시간이 참 좋았습니다.

"시끄러워요, 잠 좀 잡시다."

옆 침대에서 짜증 섞인 목소리가 들려올 때쯤 우리의 파티는 그렇게 끝나곤 했습니다.

"엄마, 내일은 더 작은 소리로 놀자, 알았지? 엄마 자? 엄마 잘 자…."

엄마에게 묻고 싶은 것이 많았지만 참았습니다. '괜히 내가 이런 말을 물으면 엄마가 슬퍼하지 않을까?'하는 걱정이 어린 마음에도 본능적으로 들었습니다. 부모님의 눈물은 어린 나에게 두려움이었습니다. 무섭도록 빨간 불 속에서 울며 뒹굴던 친구들의 모습을 기억합니다. 떠난 친구들의 몫까지 잘살아야 한다고 사람들은 말합니다. 내내 그 무거운 책임감을 가지고 살았습니다.

아빠는 치료비 보상을 위해 법적 싸움을 이어가야 했습니다. 배우지 못했고 법이라곤 동네 파출소 하나 있는 게 전부인 줄 알고 사는 분이었습니다. 법 없이도 잘 먹고 잘살 수 있는 선한 분이었습니다. 딸아이 수술비를 마련하기 위해 땅도 팔고, 가게도 팔고, 나중에는 집도 팔았다고 합니다. 아빠는 마시지도 못하는 소주를 마시고는 비틀거리며 파출소에 들어가 행패를 부렸답니다. 억울해서, 서러워서, 기댈 곳이 없어서, 살고 싶어서, 딸아이를 살리고 싶어서.

한참 뒤에 아빠에게 물어본 적이 있습니다. 혹여나 업무 방해로 처벌 받지는 않았냐고. 처벌은커녕 아빠가 쳐들어 올 때마다 파출소 분들이 아빠를 다독여 주고 집까지 안전하게 데려다 주었다고 합니다. 동네 모든 사람들에게 나와 우리 가족은 절대적으로 이해되는 그런 가여운 존재였던 것 같습니다. 아내와 두 딸과 아들을 지켜야 하는 숨막히는 현실 앞에서 아빠는 무슨 생각을 하며 버텼을까요. 아빠가 짊어졌을 무게는 감히 생각조차 해 본 적이 없습니다.

나는 살았습니다. 40번이라는 수술이 나를 기다리고

있었지만 고비의 순간을 넘기고 살았습니다. 지금의 내가 존재할 수 있는 이유는 아빠와 엄마가 있었기 때문입니다. 당신들의 눈물과 피땀이 있었기에 내가 살 수 있었습니다.

2장

혼자 견디는 날들

병원 생활

어느 정도 건강을 되찾았을 즈음 오랜 시간 나를 병간호 해주던 할머니가 동두천으로 가셨습니다. 집을 오래 비운 탓도 있지만 할머니가 다니던 청바지 공장에서 일손이 부족하다고, 할머니만큼 손기술 좋은 사람 찾기가 힘들다며 꼭 필요하다고 했기 때문입니다.

우리 할머니는 무척 부지런한 분입니다. 내가 다치기 전에 할머니 집에서 지낼 때면 동이 트기도 전에 일어나야 했는데 할머니가 새벽부터 일이 많았기 때문입니다. 장독대 열어 장이 잘 익었는지 확인하는 일, 개 밥 주는 일, 화분 가꾸는 일, 동네 산에 올라가 나물 무칠 식재료를 캐어 오는 일로 분주했습니다. 일요일 아침마다 교회 예배에도 참석하고 동네 친구들, 공장 직원들과 계모임도 하고 여행도 다니셨습니다. 그런 할머니가 모든 것을 내려놓고 나를 위해 서울로 올라와 내 병수발을 들었던 것입니다. 할머니와 헤어지는 것이 내심 아쉬웠지만 그래도 할머니가 집에 돌아가 당신이 좋아하는 일을 맘껏 하길 바랐기 때문에 기분 좋게 보내 드렸습니다. 할머니는 이따금씩 나를 보러 와주셨는데 그것으로 충분했습니다.

가을이 찾아왔습니다. 사고가 난 지 어느 덧 일 년이 지났습니다. 병원 안에서만 지내는 터라 비가 오는지 눈이 오는지 날씨가 어떤지 잘 알지 못했습니다. 간호사 선생님이 단풍잎을 하나 건네주며 책에 꽂아 보관하여 말리라고 하셨습니다. 단풍잎을 말리면 어떻게 되는지 말린 단풍잎으로 무엇을 하면 좋을지도 얘기해 주셨습니다. 병원 생활의 즐거움이 하나 더 생겼습니다. 빨리 단풍잎이 말라서 단단해지길 바랐습니다. 다섯 손가락 단풍잎이 참 예뻤습니다.

할머니가 집으로 돌아간 뒤에는 간병인 여자 분이 나를 돌보아주었습니다. 나는 그 간병인을 "선생님"이라고 불렀는데 먹고 씻기는 일 외에도 나에게 한글과 수학 공부를 가르쳐 주었습니다.

아침 10시면 내 병실로 찾아와 공부를 시켰습니다. 가나다라마바사… 하루종일 공책에 한글을 적어야 했습니다. 수학 문제가 어려워 풀다 졸면 선생님은 나를 화장실로 끌고 가 문을 걸어 잠그고 머리를 쥐어박고 팔뚝을 꼬집기 일쑤였습니다. 울면 화장실 밖으로 소리가 새어 나간다며 더 세게 꼬집었습니다. 팔을 올리고 다리를 구부리게 해 투명의자라는 벌을 세워 괴롭혔지만 참았습니다. 선생님이 무서워서가 아니라, 맞는 게 아파서가 아니라, 이런 선생님마저 없으면 우리 아빠 엄마는 또 사방팔방 나를 돌봐줄 어른을 찾기 위해 고생할 게 뻔했습니다.

선생님과의 생활이 지긋지긋하다 못해 징글징글하게 변해 가던 어느 날 아침밥을 먹다 말고 모든 것이 서러워 제 발로 화장실에 들어가 펑펑 울었습니다.

"선생이란 것들은 왜 문을 잠가서는…."

일기

혼자 병실에 머무는 시간이 많았습니다. 입원해 있는 동안 글을 쓰고 책을 읽기 시작했습니다. 글과 책이 나의 유일한 친구이고 위로였습니다. 가끔 엄마가 빌려다 주는 '아기 공룡 둘리' 비디오테이프를 보는 재미가 쏠쏠했습니다.

나는 손가락을 절단할 때마다 왼손잡이도 되었다가 오른손잡이도 되었다가 했습니다. 왼손은 손가락 두 개가 녹아 짧아졌고, 오른손은 손가락이 모두 타서 손바닥만 남아 있었습니다. 양손을 번갈아 가며 수술을 받았는데 한쪽 손씩 수술하는 이유는 일상 생활을 가능하게 하기 위해서였습니다. 한 손이라도 사용할 수 있어야 숟가락으로 밥을 떠먹을 수 있으니까요.

왼손이든 오른손이든 가능한 손으로 연필을 쥐고 낑낑거리며 매일 빠짐없이 일기를 쓰고 그림을 그렸습니다. 양손을 함께 수술 받기도 했는데 그럴 땐 양손을 사용할 수 없어 일기를 쓸 수 없었습니다. 그래서 입으로 책장을 넘기며 글 읽기에 매진했습니다. 좌절하지 않으려고 노력했습니다. 아픈 마음, 사랑하는 가족, 병원 생활, 보고 싶은 할머니, 병원에서 있었던 소소한 일과 나의 감정을 기록하면서 마음을 풀었습니다.

내 경우는 사고를 당해 신체의 불편함을 얻은 후천적 지체 장애입니다. 후천적으로 얻은 장애지만, 선천적 장애와 다를 바 없습니다. 내 기억이 시작되는 시점부터 이미 화상을 입었고 이런 내 모습을 받아들이고 적응하며 살아갈 수밖에 없었습니다.

건강하고 화려한 삶을 살다 나중에 장애를 얻는 후천적 장애인들이 오히려 현실을 받아들이기 어려워한다고 합니다. 나는 보통의 신체가 어땠었는지 기억하지 못했기에 처음부터 이렇게 살았던 것과 마찬가지입니다. 때론 보통의 모습이 부럽습니다.

내 또래 친구들이 반지를 끼고 목걸이를 걸고 열 손가락에 봉숭아물 들인 모습을 보면 참 부러웠습니다. 내가 다치기 전엔 할머니도 항상 내 손톱에 봉숭아 꽃물을 들여 주었습니다.

어른이 된 지금도 마찬가지입니다. 네일아트 샵을 지나칠 때면 힐끗거리기도 하는데, 네일을 받는 저 여자는 어떤 색으로 어떤 큐빅을 붙일까 궁금해서였습니다. 공주님이 앉을 법한 예쁜 소파 의자에 앉아 열 손가락을 핑크 쿠션에 걸치고 네일아트를 받는 여자들을 보면 부럽고 그리 예뻐 보일 수가 없습니다.

더 이상 간병인은 오지 않았습니다. 간호사 선생님들이 엄마에게 간병인 선생님의 악랄함을 이야기해 주었기 때문입니다.

나는 다시 혼자가 되었습니다. 엄마가 바빠서 새로운 비디오테이프를 대여해 오지 못하면 봤던 아기 공룡 둘리를 보고 또 봤습니다. 병원에 비치된 잡지책도 보고 하루에 일기를 두세 번 쓰기도 했습니다. 일기의 대부분은 같은 내용이었습니다.

"사람들이 나의 흉터를 보지 않고, 온전히 나를 사랑할 수 있게 하고 싶어요."

병원에 적응해 갈 무렵, 가족과의 이별이 나를 찾아왔습니다.

모나미 볼펜

더 이상 한국에서 치료를 이어갈 수 없게 되었습니다. 우리 부모님은 값비싼 입원비와 수술비를 감당할 수 없었습니다. 바로 밑 남동생과 갓난 여동생은 친척집으로 이웃집으로 뿔뿔이 흩어졌습니다. 부모님은 여전히 바빴습니다. 병실에 누워 있는 나의 병원비를 마련하는 일뿐만 아니라 다른 부모님들과 함께 화재가 난 교회 유치원을 상대로 소송을 시작했습니다. 그러나 시간과 돈 그리고 체력이 턱없이 모자랐습니다.

엄마의 지인 분이 우리 가족에게 미국 어딘가에 화상

아동만을 위한 화상 전문 병원이 있다는 얘기를 들려주었습니다. 나는 그런 병원이 있다는 게 믿기지 않았습니다. 심지어 그 병원에서는 재워 주고, 먹여 주고, 무료로 수술을 해주고 무상으로 교육까지 시켜 준다는 것이었습니다. 그날로 엄마는 여기저기 전화해서 그 병원에 대해 알아보았습니다. 한 손에는 모나미 볼펜을, 한 손에는 수화기를 들고 이야기하는 엄마의 목소리에 희망이 느껴졌습니다. 아주 오랜만에 들어보는 엄마의 들뜨고 흥분된 목소리였습니다. 엄마는 없는 병원도 만들어낼 판이었습니다.

내가 모나미 볼펜을 기억하는 또 다른 이유가 있습니다. 우리 집에 유독 볼펜이 많았기도 하지만 엄마의 신앙과 모나미 볼펜의 작명 배경 때문입니다.

모나미 볼펜의 정식 이름은 모나미 153입니다. 성경에서 베드로가 예수님 지시대로 그물을 던졌더니 153마리의 물고기가 잡혔다는 내용에서 착안해 붙인 숫자라고 엄마에게 여러 번 들었습니다.

엄마는 그 볼펜만을 사용했습니다. 모나미 볼펜의 기적인지, 예수님의 은총 덕분인지, 엄마의 간절함 때문인지 알 길이 없지만, 엄마는 기어코 그 병원을 찾아냈습니다. 미국 하와이에 있는 슈라이너스 화상 아동 병원(Shriners Hospital for Children with Burn)입니다. 엄마가 활짝 웃으며 춘천에 가봐야겠다고 했습니다.

춘천 가는 열차

간혹 사람들이 저의 유치원 화재 사건을 씨랜드 청소년 수련원 화재 사건과 혼동하기도 합니다. 씨랜드 화재 사건 역시 유치원생부터 교사 및 강사 등 23명이나 숨지는 안타까운 대형 화재 사고였습니다. 저는 그보다 10년 앞서 일어난 사고의 생존자 중 한 명입니다.

우리나라 80년대에는 화상 전문병원이 그리 많지 않았습니다.

당시엔 수술비가 없으면 수술을 받을 수도 없거니와 다친 직후엔 내 화상 정도가 너무 심해 병원에서는 수술을 거부한 적도 있습니다. 당장 학교 문제도 닥쳤습니다. 학교에 입학할 나이가 다가오는데 수술과 치료는 끝날 기미가 보이지 않았습니다.

하와이에 있다는 그 병원에 가기 위해서는 절차가 까다로웠습니다. 메디컬 비자라는 것을 발급 받아야 했고 병원 측에서 요구하는 서류도 많았습니다. 수술과 교육이 필요한 한국의 화상 아동을 하와이 병원으로 연계해주는 일을 하는 에이미(Amy) 수녀님을 만나러 엄마와 함께 춘천에 가게 되었습니다.

엄마 손을 잡고 수녀님을 만나러 처음 춘천 가던 날을 기억합니다. 버스와 기차를 갈아타고 가는 길은 마치 소풍처럼 즐거웠습니다. 그런데 기차를 탈 때마다 낯선 사람들이 엄마를 힘들게 했습니다. 사람들은 내 얼굴을 보자마자 엄마에게 함부로 말합니다.

"아이 간수 제대로 못하고 왜 이렇게 다치게 한 거냐?"

작고 마른 아이가 곳곳에 심한 화상 흉터로 붕대 두르고 가먼트(화상 환자들이 착용하는 압박 옷)를 입고 눈만 빼꼼하게 뜨고 있으니 가여워서 하는 소리입니다. 나는 사람들이 엄마를 나무라는 소리가 듣기 싫었습니다. 지금까지도 나를 힘들게 하는 것은 사람들이 나를 위한답시고 쉽게 함부로 내뱉는 말들입니다.

"불조심 해야지."

"이리 돼서 어쩌누."

"가여워서 어쩌나."

이런 등등의 말들입니다.

아마 이때부터 맹랑하게 말하는 습관이 생겼나 봅니다.

"우리 엄마 잘못이 아니에요!"

춘천 가는 열차 안에서 나는 유치원 화재에서 죽다가 살아난 내 이야기를 합니다. 어떻게 다치게 된 것인지 1989년 10월 16일부터 이야기는 시작됩니다. 운이 좋아(?) 우리와 같은 행선지에 가는 사람들은 그나마 중간까지의 내용을 들을 수 있었지만 안타깝게도(?) 가까운 정거장에서 내려야 하는 사람들은 중환자실 임사 체험 이야기도 채 듣지 못했습니다.

어떤 사람들은 내 이야기에 빠져 울고 웃으며 역을 지나쳐 한참을 더 가곤 했습니다. 어쨌든 우리 사연을 들은 사람들은 힘내라며 다독여 주었습니다. 엄마를 비난하는 사람들이 괘씸해서 이야기를 시작했는데, 엄마와 나를 위해 눈물 흘리면서 함께 아파해 주는 사람들을 보니 화가 수그러들었습니다.

에이미 수녀님은 짧은 커트머리에 크고 깊숙한 눈, 진한 쌍꺼풀, 풍성한 곱슬머리를 가진 필리핀 분인데 한국말을 어찌나 유창하게 잘하는지 신기하면서도 신비로워 보였습니다. 수녀님은 초롱초롱한 눈망울로 간절함을 호소하는 듯한 어린 내 모습이 기억에 남았다고 합니다.

수녀님은 춘천 성골롬반의원의 원장님인데 전에는 간호사로 일하셨다고 합니다. 에이미 수녀님 외에도 다른 많은 수녀님, 사무국장님, 직원 분들이 계셨습니다. 그곳에서는 수녀님들이 직접 구운 빵을 판매하고 있었는데 그 빵이 너무 맛있어서 나는 춘천에 갈 때마다 종류별로 많이 먹었습니다. 수녀님은 그런 나에게 집에 돌아가는 길에 빵을 한아름 싸주셨습니다. 수녀님은 내 머리에 손을 얹고 축복의 기도를 해주셨습니다. 그럴 때면 나도 수녀님처럼 멋진 수녀가 되어서 아름다운 일을 하며 살고 싶다는 생각을 했습니다. 수녀님은 하늘에서 내게 보내주신 필리핀 천사입니다.

수녀님은 내가 슈라이너스 병원에 갈 수 있도록, 메디컬 비자를 발급 받을 수 있도록 도와주었습니다. 메디컬 비자란 수술을 받기 위해 외국에 나가는 사람을 위한 비자인데, 의료관광 비자라고 부르기도 합니다. 지금은 우리나라의 의료기술이 발달하여 역으로 외국인들이 치료 목적으로 메디컬 비자를 받아 우리나라에 들어오고 있는 실정입니다.

예나 지금이나 메디컬 비자는 쉽게 발급 받을 수 있는 비자가 아닙니다. 본국에서의 진단서, 진료 예약증, 재직 증명서, 보증 서류, 재정 입증 서류 등을 충실하게 준비해야 겨우 받을 수 있습니다.

엄마와 춘천을 오고 가면서 나는 웅변대회에 나가도 될 만큼 이야기 실력이 늘었습니다. 이야기꾼이 되었을 즈음 하와이로 가는 메디컬 비자가 나왔습니다.

가족과의 이별

제2차 세계대전 후, 주(州) 승격 운동이 활발해지면서 알래스카에 이어 1959년 8월 21일 하와이섬이 미국의 50번째 주가 되었습니다.

1992년 내가 하와이로 떠나던 해, 하와이가 어느 나라의 영토인지 아는 사람이 많지 않았습니다. 당시 하와이에는 폴리네시아계 민족과 다양한 외국 이민 노동자들이 사탕수수와 파인애플 농장에서 일하고 있을 때입니다. 그들 역시 내가 한국에서 왔다고 하면 한국에 대해 잘 알지 못했습니다. 그런 시절에 나는 가족들과 헤어져 홀로 하와이로 갔습니다. 태평양 바다를 지나 멀고 낯선 곳, 외딴 섬으로 떠났습니다.

"그곳에 가서 치료 잘 받고 공부 열심히 하고 와야 해. 수녀님 힘들게 하면 안 되고 말 잘 듣고 밥 잘 먹고…."

매일 듣는 엄마의 잔소리가 오늘따라 낯설게 느껴졌습니다.

아빠 엄마가 눈물을 흘리며 나를 꼬옥 껴안아주었습니다. 내 나이 7살, 그렇게 가족과 헤어졌습니다.

슈라이너스 병원은 가족들에게는 숙식이 제공되지 않아 화상 아동만 입원할 수 있었습니다. 아주 드물게 아이의 부모가 병원을 방문하기도 했지만 우리 부모님은 그럴 경제적 시간적 여건이 되지 않았습니다. 한국에 두고 온 내 강아지, 동생들, 아빠, 엄마, 할머니가 벌써 보고 싶었습니다. 가족과 헤어졌다는 것이 실감나지 않았습니다.

비행기를 타고 가는 동안 에이미 수녀님이 내 옆에서 나를 다독여 주며 하와이에 대해, 미국에 대해, 그리고 슈라이너스 병원에 대해 이야기해 주었습니다.

3장

하와이 병원 생활

슈라이너스 병원

하와이 슈라이너스(Shriners) 병원은 1923년 설립되었습니다. 가정형편이 좋지 않거나 혹은 장기 치료가 필요한 전 세계의 화상 아동을 대상으로 무료 수술 지원과 무상 교육을 제공하는 병원입니다.

미국에는 총 22개의 슈라이너스 병원이 있는데 당시 하와이에 갔을 때는 이보다는 적은 수의 병원이 있었고 그중에서도 화상을 전문으로 하는 아동 병원은 텍사스 주와 하와이 주 단 두 곳뿐이었습니다. 슈라이너스 병원은 화상으로 고통 받는 아이들에게 교육과 치료가 보장

되어야 한다는 신조를 가지고 있습니다.

하와이 공항에 내렸을 때의 첫인상은 태양이 무척 뜨거웠지만 바람이 불어 시원하게 느껴졌습니다. 수녀님은 야자수 나무 향이 좋다고 했습니다. 수녀님이 공항 면세점에서 파는 마카데미아 초콜릿을 한 상자 사서 한 알씩 내 입에 넣어주셨습니다. 수녀님은 종아리까지 오는 치마에 검정 스타킹에 엉덩이를 덮는 긴 재킷을 입고 굽 낮은 검정 구두를 신고 있었습니다. 겉옷을 벗어 들기엔 짐이 많아 수녀님은 땀을 닦으며 걸었습니다. 수녀님 어깨에는 수녀님 가방과 내 가방이, 한 손에는 초콜릿이, 남은 한 손으로는 내 손을 잡은 채로 모든 일을 척척 해내셨습니다.

병원에 도착하니 병원 사람들이 우리를 반겨주었습니다. 수녀님은 사람들을 한 명 한 명씩 껴안고 볼 뽀뽀를 하며 반가워하셨습니다. 수녀님이 오랜만에 병원에 오셨던 모양입니다. 간호사 선생님이 나를 가리키며 정말 오랜만에 한국 아이가 왔다고 했습니다.

하와이는 예나 지금이나 대표적인 아름다운 휴양지로 알려진 곳입니다. 그 아무리 아름다운 곳일지언정 어린 나의 마음은 외로웠고 몸은 아팠습니다. 부모와 떨어지기에는 너무 어린 나이였습니다. 열흘 정도의 적응 기간이 끝나고 수녀님은 한국으로 돌아갔습니다.

가족과 떨어져 지내면서 내 몸에는 가시가 하나 둘 자라고 있었습니다. 병원 침대에서 눈을 뜨는 게 무서웠습니다. 수술방 침대는 왜 그렇게 차가운지, 병실은 왜 그리 캄캄한지, 다른 생김새의 사람들, 다른 언어, 다른 음식, 낯선 곳에서의 생활로 내 마음에도 화상 같은 통증이 시작되었습니다. 보이지 않는 가시가 나를 찌르고 있었습니다. 몇 밤만 자면 엄마 아빠를 만날 수 있다는 말로 시작된 병원 생활이 2년을 넘겼습니다.

처음에는 영어를 모르니 마음이 아프다고 표현할 길이 없어 가슴을 움켜쥐고 소리만 질렀습니다. 식판을 엎고 물건을 던지고 침대 밑에서 나오지 않았습니다. 나중에 커서 내가 이 병원으로 봉사활동 다니며 들은 이야기인데, 그때 내 환자 차트에는 "짐승처럼 포효한다"라고 적혀 있었답니다. 시간이 지나서 하는 말이지만 나는 솔직히 그 차트 평이 맘에 듭니다. 더 심한 말이 적혀 있을 줄 알았는데 간단명료해서 다행입니다.

당시만 해도 하와이에는 원주민이 많이 살던 시절이라 주민들은 윗옷을 입지 않은 채 맨발로 거리를 활보했습니다. 병실 창문으로 밖을 내다보면 지나가는 사람들이 샤카(알로하 인사의 손 모양)로 인사해 주었고 수달이 빼꼼이 고개를 내밀었습니다. 침실엔 항상 커다란 게코 도마뱀이 돌아다녔는데 하와이에서 도마뱀은 행운을 상징합니다.

병실 하나에 침대 6개, 6명의 또래 친구들이 함께 지냈습니다. 우리는 각자의 언어와 문화를 존중하며 누군가 수술을 받고 온 날에는 그 친구 곁에서 서로를 껴안고 함께 잠을 자곤 했습니다.

병원에는 캄보디아, 베트남, 아프리카, 말레이시아 등 저개발 국가의 아이들이 많이 있었습니다. 지뢰를 밟고 화상을 입은 아이, 학대 받고 화상을 입은 아이, 사연도 제각각이었습니다.

아프리카에서 온 아이들 중에는 물컵에 물을 따라 마시는 법, 포크를 쥐는 법부터 다시 배워야 할 만큼 현대 문명에 노출되지 않은 아이들이 있었습니다. 그래서 아프리카에서 온 아이들은 치료가 끝나면 미국 가정에 입양되기도 했는데 본국으로 돌아가서 물 없이, 곤충을 잡아 먹으면서 살 수가 없기 때문입니다. 미국 생활을 오래 했기에 이전 생활로 돌아가게 되면 아프리카 아이들의 면역력이 무너져 질병에 걸리게 된다는 것입니다.

가족에게 학대를 받아서 온 아이도 자연스레 입양으로 이어졌습니다. 입양을 간 대부분의 아이들은 행복해졌지만 때때로 학대나 파양을 당해 불법 체류자로 남는 경우도 있었습니다. 병원에서는 그런 문제 때문에 아이들이 퇴원 후에 입양으로 이어지는 것을 우려하기도 했습니다.

입양 제의

우리 부모님에게도 입양 제안이 들어왔습니다. 이 병원에서 치료가 끝나면 나를 입양해 키우면서 치료와 교육을 책임지겠다는 미국인 가족이 연락을 보내온 것입니다. 부모님은 잠시 흔들렸다고 합니다. 평생 장애를 가지고 살아갈 딸아이에게 더할 나위 없이 좋은 기회라고 여긴 모양입니다. 당신들만 딸아이를 포기하면 딸아이가 아름다운 자연환경 속에서 행복하게 살 수 있을 거라고 생각했다고 합니다.

입양을 원하는 가족들이 나를 만나러 왔습니다. 그럴

때마다 '우리 아빠 엄마가 나를 입양 보내면 어쩌지' 싶어 두려웠습니다. 아무리 가난해도 나는 우리 가족과 살고 싶었습니다. 이렇게 떨어져 있더라도 나의 아빠 엄마는 지금의 아빠 엄마이길 간절히 바랐습니다. 내 곁에 없지만, 만질 수 없지만 우리 가족의 존재는 내게 전부였습니다. 내가 우리 아빠 엄마 딸인 게 당연한데, 당연한 일들이 당연하지 않게 될까 봐 겁이 났습니다. 가난해서 수술을 받지 못하더라도, 학교에 다닐 수 없게 되더라도 나에게는 오로지 우리 가족뿐이었습니다. 이런 나의 마음이 통했던지 아빠 엄마는 차마 나를 입양 보내지 못했다고 합니다. 우리는 헤어지지 않았습니다.

그때 나를 입양하겠다던 가족의 포트폴리오를 버리지 않고 지금도 가지고 있습니다. 그분들의 따뜻한 마음을 감히 어찌하지 못해 오랜 시간 간직하고 있었다며 엄마가 내게 넘겨주었습니다.

"이런 걸 왜 지금까지 간직하고 그래."

말은 그렇게 뱉었지만 나 역시 아직까지 어찌하지 못해 가지고 있습니다. 가끔 그 포트폴리오가 꽂혀 있는 책장 앞을 스칠 때면 '만약 그때 내가 입양되었다면 어뗐을까?' 하는 아찔함에 움찔합니다.

세 가족 정도가 나를 입양하고 싶어 했는데 그들의 포트폴리오 형식은 이랬습니다. 가족 구성원, 입양 목적, 가정경제 현황, 왜 나란 아이를 선택했는지, 어떻게 키우고 싶은지, 하고 싶은 말과 같은 구체적인 설명과 함께 그들의 가족사진이 담겨 있었습니다.

세 가족의 국적(nationality)은 모두 미국인이었고 혈통(race)은 제각각이었습니다. 한국이란 나라가 아름다운 곳이라 들었으며 나와 내 문화에 대해 더 알아가고 싶다고 적힌 내용으로 짐작해 보건대 한국과는 거리가 먼 사람들이었습니다. 아름다운 나라 한국… 하마터면 내가 그들의 환상을 깨버릴 수도 있었다고 생각하니 다시 한 번 움찔하게 됩니다. 많고 많은 우리나라의 정서 중에 하필 내가 '한(恨)'을 왕창 지니고 있었기 때문입니다. 아마 임진왜란 저리 가라 하는 화재라는 아픈 전쟁을 겪은 탓일 겁니다. 세 가족과의 아찔했던 해프닝은 그렇게 해피엔딩으로 끝났습니다.

포트폴리오를 버리지 못하는 또 다른 이유는 나를 입양하고 싶어 했던 세 가족의 공통된 항목 때문이기도 합니다. 왜 나를 선택했는지에 대한 답변이 모두 비슷했습니다. 내게서 배우고자 하는 열정이 느껴졌고 자신들을 향해 웃어주는 친절한 아이였다는 것이 그 이유였습니다. 그들은 내가 바라는 꿈을 실현해 줄 수 있다고도 적었습니다. 피아니스트로 키우겠다, 변호사로 키우고 싶다와 같은 구체적인 내용이 적혀 있었습니다. 비록 지금의 나는 피아니스트도, 변호사도 아닌 엄마로, 주부로 평범하게 살고 있지만 그들의 따뜻했던 제의에 보답할 길이 있다면 알려주고 싶습니다. 나는 행복하게 잘살고 있다고.

살아가면서 시험에 낙방하고, 면접에 떨어지고, 실패를 경험할 때마다 떠올립니다. 나를 선택해 주었던 세 가족이 있었음을 말입니다.

슈라이너스 학교

병원 학교생활에도 점차 적응해 갔습니다. 1학년 담임인 코메나카(Komenaka) 선생님과 함께 철마다 꽃을 심고 아침저녁으로 새 모이를 주었습니다. 우리가 직접 재배하여 따먹는 토마토는 신선했고 우리가 주는 모이를 먹으러 찾아오는 새들로 병원 정원은 늘 북적거렸습니다.

두음법칙을 적용하지 않은 내 이름은 라하나(Hana Rha)였습니다. 코메나카 선생님은 내 이름이 좋다며 영어 이름 말고 그대로 사용할 것을 권유했습니다. 내게 영문으로 이름을 쓰는 법과 필기체로 사인하는 법도 알려주었습니다. 한창 엄마의 손길이 필요할 나이에 이곳에 와서 오랜 시간 머물 걸 생각하니 마음 아팠던지 선생님은 유독 나를 신경써 주고 엄마처럼 품어주셨습니다. 나는 선생님을 엄마처럼 잘 따랐습니다. 선생님이 정말 좋았습니다. 하늘에서 내게 일본인 천사를 보내 주셨습니다.

하와이 병원에서 받은 가장 큰 수술 중 하나는 '집게 손 만들기'입니다. 형태를 알아보기 힘들 만큼 불에 녹아버린 오른손을 외형적으로, 기능적으로 개선할 수 있게 손 모양을 집게 모양으로 만들어주는 수술입니다. 내 오른손은 손가락이 다 타버려 손바닥만 남아 있었습니다. 손가락을 만들기 위해 뼈 이식 수술을 해야 하는 것은 물론 1년 가량의 물리치료를 필요로 하는 큰 수술이었습니다.

이미 수술에는 도가 터서 얼마나 아플지 알기에 이번 수술만큼은 피하고 싶었습니다. '뼈를 깎는 고통'이란 말이 딱 맞습니다. 수술을 앞두고 밤마다 상상하며 잠이 들었는데, 병원을 탈출해서 비행기를 타고 한국으로 도

코메나카 선생님과 친구들이 내 피아노 연주에 맞춰 노래하는 합동 공연을 했습니다.

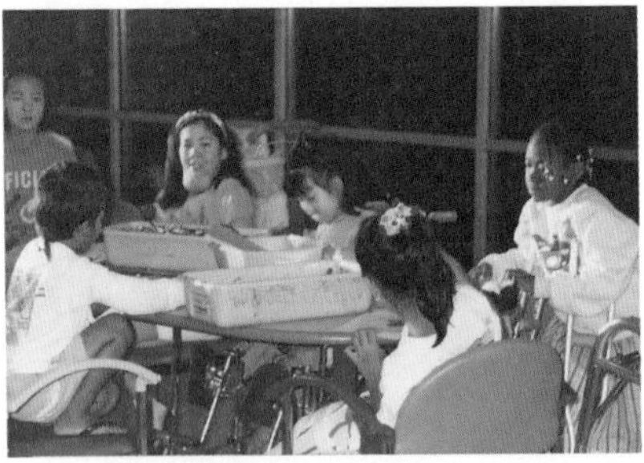

친구들과 함께 공부하는 모습입니다. 이때 저의 얼굴에는 물혹이 있었는데 피부를 늘리기 위해 식염수를 주입 시키는 조직확장술이라는 치료를 받는 중이었습니다.(가운데 하늘 색 옷 입은 아이)

망가는 상상이었습니다.

수술 못지않게 회복 과정도 힘들었습니다. 1년 정도 물리치료를 받았습니다. 분명 이 손가락을 들어 올렸는데 다른 손가락이 움직였습니다. 손가락은 세 개뿐인데 왜 다섯 손가락이 아픈 것 같은지 답답하기만 했습니다. 오른손을 사용할 수 없어 왼손이 분주해졌습니다. 왼손도 뼈 이식이 필요한데 손가락을 만들어 줄 뼈가 모자라 의료진은 발가락을 떼어 이식하는 수술을 제안했습니다. 오른손에 비하면 왼손은 내 눈에 아름다워 보였습니다. 왼손은 손가락 두 개가 짧고 모양이 뒤틀렸습니다. 오른손 수술을 해보니 그 고통이 끔찍해 왼손은 그냥 이대로 살고 싶어졌습니다. 다시는 그런 고통을 감수할 수 없을 것만 같았습니다. 의사 선생님을 찾아가서 매일 말했습니다.

"Dr. Ono, I really like my left hand, it looks good to me(선생님, 나는 내 왼손이 정말 보기 좋다고 생각합니다)."

의사 선생님은 확고한 내 의견을 받아들여 기본적인 수술만 하고 왼손은 그냥 두기로 했습니다. 그래서 나는 "생긴 대로 살라"는 말을 좋아합니다.

엄마와 코메나카 선생님이 내게 말했습니다.

"오른손을 사용하지 못해도 왼손이 있으니 괜찮다. 다행이다. 양손이 안 되면 양쪽 발이 있으니 얼마나 감사하니."

우리는 그렇게 위로하고 위로 받으며 애써 눈물을 참았습니다. 손가락의 형태가 전부 바뀌어버렸습니다. 연필 쥐는 법도, 가위질도 모두 다시 익혀야 했습니다. 물리치료 때마다 통증으로 땀이 줄줄 흘렀습니다. 눈물이 났습니다. 그때 나를 버티게 해준 힘, 엄마가 나를 위해 종이 인형을 오려주던 순간을 떠올렸습니다. 하루 빨리 내가 손을 사용해야 엄마를 만날 수 있고 종이 인형도 오릴 수 있었습니다. 나는 잡초처럼 버텼습니다. 쓰러질 때마다 또 다시 일어났습니다.

시간이 지나자 이전보다 글씨가 더 예쁘게 써지고 가위질도 할 수 있게 되었습니다. 손가락이라는 것이 생기니 피아노도 잘 쳐지고 더 이상 컵이나 접시를 놓치지 않게 되었습니다. 양손잡이가 되었습니다. 여전히 손 생김새는 괴상했지만 가성비가 괜찮았습니다. 요즘 말로 내 손은 '금손'이 되었습니다.

9살 때, 할로윈 행사에서 토끼 분장을 하고 댄스 공연을 했습니다.

병원에서는 다양한 일정이 알차게 꾸며져 있었습니다. 학교가 끝나면 레크레이션이 열리는 큰 실내 공간에서 모이는데 외출하기 어려운 아이들을 위한 놀이시간 같은 것입니다. 전문 레크레이션 강사 선생님들이 있고 자원 봉사자 학생들의 재능 기부도 있었습니다. 나는 닥치는 대로 배웠습니다. 피아노, 우쿨렐레, 훌라, 노래, 요리, 컴퓨터, 그림, 마술, 종이공예 등등. 배우는 것이 늘어날수록 기쁨도 커졌고 내가 할 수 있는 공연도 늘어났습니다. 코메나카 선생님은 "너에게 장애가 있고 아픔이 있으니 더 열심히 배워서 베풀고 나눌 수 있는 사람이 돼라"고 하셨습니다. 아마 그때부터일 겁니다. '배움'이 곧 나를 지키는 '힘'이라고 믿게 된 순간이.

따뜻한 말

어느 정도 영어가 익숙해지자 소통이 자유로워졌습니다. 예쁘게 말을 해야겠다고 생각했습니다. 병원 사람들이 내게 해준 것처럼 칭찬과 격려의 말, 다정한 말, 아름다운 말을 해야겠다고 생각했습니다. 누구에게나 친절하게 대하는 연습을 했습니다. 그리고 한 번도 해보지 않았던 일을 시도했습니다. 내 자신을 아끼고 사랑해 주는 일.

거절할 때도 "No thank you(고맙지만 사양하겠습니다)"에서 머무르지 않았습니다. "Thank you, but no thank you. How sweet of you(고맙습니다. 고맙지만 사양하겠습니다. 정말 친절하시네요)"와 같이 고마운 마음을 담아 열심히 표현했습니다.

사람들이 내게 칭찬을 해주었습니다.

"말을 참 예쁘게 하는구나!"

작은 변화를 시도했는데 알아주는 사람들이 있어서 기뻤습니다.

무엇이든 열심히 배웠습니다. 끊임없이 배웠습니다. 토론과 발표에도 적극적으로 참여했습니다. 나의 말과 이야기에 사람들이 귀기울여 주었습니다. 아침에 울면서 깨는 일은 더 이상 없었습니다. 눈물을 닦고 보니 내가 있는 곳은 세상에서 가장 아름다운 섬, 하와이였습니다.

병원 생활에서 가장 기다려지는 시간이 있습니다. 3개월에 한 번 본국의 가족에게 전화할 수 있는 5분이 주어지는데 정말 귀한 시간입니다. 국제전화는 요금이 비쌌기 때문에 통화는 가끔씩만 할 수 있었습니다. 그날만을 기다리는 아이들이 많았습니다. 나 역시 그랬습니다. 한국으로 전화하는 날이면 언제 내 이름이 불릴지 몰라

꾹 참고 화장실도 안 가고 기다렸습니다.

병원에서는 언제든 가족에게 보낼 편지지와 우표를 제공해 주었는데 하와이는 섬나라이다 보니 편지가 오고 가는 데 두세 달이 걸렸습니다. 글씨를 모르는 어린 아이들은 편지를 쓸 수 없었습니다. 그래서 전화를 하는 날은 정말 소중한 날입니다. 다른 건 다 양보해도 이날 자신의 순번이나 통화 시간을 양보할 수는 없었습니다.

엄마 목소리 한번 들어보겠다고 전날부터 밤잠을 설치는 건 어느 나라 아이들이나 똑같았습니다. 내 앞 순번 아이가 엄마랑 더 통화하겠다며 수화기를 잡고 떼쓰지 않기만을 간절히 바라면서 잠이 들었습니다.

나를 무척이나 예뻐해 주던 리처드(Richard)라는 사회복지사 선생님이 계셨습니다. 선생님을 따라 다니면서 졸랐습니다.

"내 전화 차례가 되면 5분 말고 10분 통화할 수 있게 해주세요."

5분은 너무 짧아서 가족들 목소리를 다 들을 수 없다며 어린 동생이 두 명이나 있음을 어필했습니다. 어느새 나는 슈라이너스 병원의 터줏대감으로 당찬 아이가 되어 있었습니다. 리처드는 그런 나를 놀리느라 아프리카와 캄보디아에서 온 친구들은 동생이 10명씩 있다고 되받아쳤습니다.

리처드가 장난으로 한 말인 줄 알았는데 실제로 동생이 8명 이상 있는 아이들이 꽤 있었습니다. 같은 병실을 쓰는 트람(Tram)이라는 친구도 동생이 8명인데 그중 하나는 뱀에 물려서 위태로운 지경이라고 했습니다. 나는 병원 생활 2년 동안 처음으로 전화 통화를 양보했습니다. 트람은 베트남에서 온 동갑내기 친구인데 내가 전화 통화를 양보한 덕에 지금까지도 좋은 친구로 지내고 있습니다. 내가 한국으로 돌아가게 되었을 때 트람과 이메일 주소를 주고받았기에 인연의 끈이 지속된 것입니다.

리처드는 항상 내게 농담을 던지면서 장난치기를 좋아했는데 그러면서도 모든 부탁을 들어주었고 내가 수술하는 날이면 일이 없어도 나를 보러 와주었습니다.

본국으로 전화 통화가 있던 날, 리처드가 놀리며 말했습니다.

"통화 시간을 늘려 주면 뭐하니, 네가 한국말을 못하는데. 국제전화료 비싼 거 알지? 울지만 말고 '안녕하세요' 정도는 말해 봐. 나도 그 말은 할 줄 알거든!"

어느샌가 나는 영어로, 부모님은 한국말로 이야기를 하고 있었습니다. 울면서 소리쳤습니다.

"아빠 엄마가 무슨 말을 하는지 모르겠어요!"

밥친구

어느덧 슈라이너스 병원에 온 지 2년이 흘렀습니다. 나는 아홉 살이 되었습니다.

엑스레이를 찍으러 가는 날이면 킷(Keith) 선생님께서 나에게 병원 이야기, 지역 사회 이야기를 들려주셨습니다. 우리나라에서 택시를 타면 택시기사가 그 지역 소식이며 집값, 동네 분위기에 대한 각종 유용한 정보를 풀어주듯 킷 선생님을 만나면 어디서 쉽게 듣지 못하는 재미있고 유익한 이야기를 들을 수 있었습니다.

선생님의 이야기가 더 듣고 싶어서 나는 친구들과 순

번을 바꾸어 점심시간 직전 마지막 촬영 시간에 엑스레이를 찍으러 가곤 했습니다. 엑스레이실과 식당이 붙어 있었는데 엑스레이 촬영이 끝나면 킷 선생님이 나를 데리고 식당에 가서 함께 점심을 먹었기 때문입니다. 킷 선생님은 내 밥친구였습니다.

킷 선생님의 엑스레이 방에는 아이들에게 나누어줄 스티커가 가득했습니다. 칭찬 스티커 같은 것입니다. 어두운 엑스레이실이 무섭다며 우는 아이들에게 선생님이 울음을 그치게 할 요량으로 나누어주는 것입니다. 선생님 말로는 엑스레이실이 무서운 게 아니라 거대한 몸집의 본인을 무서워하는 것 같다고 했습니다.

나도 살면서 킷 선생님처럼 큰 백인은 처음 보았습니다. 하지만 선생님 얼굴을 자세히 들여다보면 크고 선한 눈매에 웃고 있는 표정이 아이처럼 맑아 기분이 좋아졌습니다. 게다가 선생님의 따뜻한 마음은 선생님의 덩치보다 훨씬 컸습니다. 선생님의 미소는 나를 행복하게 해주었습니다. 킷 선생님의 스티커는 '병원 스티커' 또는 '엑스레이 스티커'라고도 불리는데 돌돌 말린 두루마리 휴지 모양으로 되어 있습니다. 한 장 한 장 낱개로 뜯으면 각종 만화 캐릭터가 나옵니다.

하루는 킷 선생님이 심슨 가족 캐릭터가 그려진 스티커를 건네주었습니다.

"내가 가장 좋아하는 만화야. 감독이 천재야."

선생님은 우리 한국 집에 반려견 지지가 있다는 것도 알고 있었는데 그래서 스쿠비두(Scooby-Doo)가 그려진 스티커도 많이 주셨습니다.

한 번은 내가 킷 선생님에게 아기 공룡 둘리를 그려 선물한 적이 있습니다. 선생님은 내 그림을 엑스레이실 벽면에 붙여 두었는데, 둘리가 인기가 많다며 기회가 되면 다른 캐릭터도 그려 오라고 하셨습니다. 킷 선생님은 내게 한국어 단어를 많이 물어보았습니다. 그리고는 내게 배운 단어를 수첩에 적어 틈틈이 공부했습니다. 킷 선생님은 병원에서 가장 한국말을 잘하고 많이 아는 사람이었습니다. 나중에 한국 아이들이 오면 병원에 잘 적응할 수 있도록 그 아이들에게 한국말로 이야기를 들려주고 싶다고 했습니다.

일찍 출근한 킷 선생님이 우리들 아침 식사에 함께 해주었습니다. 아침 일찍 출근해서 우리와 함께 밥을 먹고 저녁 늦게까지 기다렸다 우리들과 놀아주었는데 가끔 주말에도 우릴 찾아오셨습니다.

"네 얼굴보다 더 큰 코코넛이 나무에서 떨어져 지나가던 행인이 위험할 뻔했다는구나."

코코넛 나무 이야기 덕분에 아침식사 시간이 유난히 더 즐거웠습니다. 나무에서 코코넛 열매가 떨어져 사람들이 다치는 사건이 간혹 발생되어 앞으로는 코코넛이 다 익기 전에 수확한다는 소식도 알려주었습니다. 옆 섬 마우이에서 또 화산이 분출되었다는 이야기, 누군가 화산 때문에 화상을 입었다면 이 병원에서 만날 뻔했는데 그래서 우리가 아침 식사를 함께 할 뻔했는데 다행히 아무도 다치지 않았다는 대목에서 우리는 웃음이 빵 터졌습니다.

자기는 몸집이 커서 많은 양의 음식을 먹어치워야 하는데 병원 밥은 양이 적다며 우리 음식을 빼앗아 먹는 시늉을 하여 다 같이 깔깔거리다 입 속에 있는 밥풀을 내뿜고 식당이 아수라장이 되어 간호사 선생님께 한 소리 들었습니다. 병원 근처에 큰 호텔과 쇼핑몰이 들어온다는 지역 뉴스와 출근길에 보았다는 새로 생기는 식당과 클럽에 대해서도 이야기해 주었습니다.

이런 모든 기록을 나는 일기장에 적었습니다. 킷 선생님이야말로 진정한 이야기꾼입니다. 미국 사람들은 이야기의 흐름에 맞게 조크를 잘도 섞어 넣습니다. 어른과 아이가 농담을 주고받을 수 있다는 것, 눈을 맞추고 이야기를 하면 소통이 더 잘된다는 것을 배웠습니다. 만화 심슨 가족은 미국에서 가장 큰 영향력 있는 애니메이션인데 그것을 가능케 한 가장 큰 요소가 바로 '유머'와 '풍자'입니다. 킷에게 배운 조크는 어디 가서 돈 주고도 배울 수 없는 값진 교육이었습니다.

치료를 열심히 받은 덕분에 내 손과 얼굴의 흉터가 나날이 좋아졌고 새 살이 돋아났습니다. 마음의 상처도 나아가고 있었습니다. 의료진이 말하길 하와이 날씨가 화상 환자들이 살기에 적합한 곳이라고 했습니다. 기대 이상으로 내 치료 경과가 좋다고 했습니다.

친구들이 치료를 마치고 건강해져서 하나 둘씩 본국으로 떠났습니다. 본국으로 가기 전에 이메일 주소라는 것을 주고받았습니다. 코메나카 선생님께서 병원 계정으로 우리들에게 만들어준 것인데 아무도 사용할 줄 몰

병원 건물 앞에서

라 코메나카 선생님을 통해서만 본국으로 돌아간 친구들 소식을 전해 들을 수 있었습니다. 본국으로 돌아간 친구들과의 연락은 그리 오래가지 못했습니다. 떠난 친구들이 잊혀질 때쯤 새로운 친구들이 병원에 들어왔습니다. 창밖으로 내리는 빗소리와 무지개, 정원사가 심은 꽃들이 해마다 정원을 가득 채웠습니다. 에이미 수녀님이 좋아하는 야자수 나무 향이 내 병실 창 안으로 들어왔습니다.

마음에 돋았던 가시가 하나 둘 사라지고 그 자리에 꽃이 피고 있었습니다. 마음껏 영어를 구사할 수 있게 되었고, 세계 각 나라의 친구들을 사귀었습니다. 처음엔 입에 맞지 않던 음식도 이제는 맛있었습니다. 양송이 스프와 스테이크는 할머니가 끓여주신 누룽지와 엄마의 김치찌개만큼 맛있었습니다. 의사, 간호사 선생님들이 나의 엄마, 아빠, 친구, 스승이 되어주었습니다.

4장

그리운 한국으로

가족 곁으로

큰 수술들이 끝나고 드디어 한국으로 돌아가게 되었습니다.

슈라이너스 병원에는 입원하는 아이, 퇴원하는 아이의 이송을 돕는 선생님이 있었습니다. 필리핀 남자 선생님이었는데 마주칠 일이 거의 없어 이름은 기억나지 않습니다. 함께 병원에서 생활한 아이들이 자신이 어떻게 이곳 병원까지 오게 되었는지 이야기할 때 필리핀 남자 선생님에 대해 들을 수 있었습니다. 대부분의 아이들이 그 선생님을 통해 오고 갔습니다.

나는 하와이에 올 때는 에이미 수녀님과 함께 왔는데, 한국으로 돌아갈 때는 필리핀 남자 선생님과 함께 가게 된다고 들었습니다. 필리핀 남자 선생님이 우리 아빠 엄마를 모르는데 어떻게 나를 아빠 엄마에게 데려다 준다는 것인지, 한국말을 모르는데 어떻게 비행기를 탈 수 있다는 것인지 아이다운 상상에 빠지기도 했습니다.

필리핀 남자 선생님이 내 병실에 찾아왔습니다.

"Are you ready(준비 됐니)?"

그 말을 듣고 같은 병실 친구들이 울음을 터트렸습니다. 친구들의 울음 소리를 듣고 간호사 선생님들이 달려왔습니다. 간호사 선생님들도 "오 마이 갓, 오 마이 갓"을 외치며 나를 안고 눈물을 흘렸습니다. 헤어질 시간이 온 것입니다.

병원 엄마들 안녕…. 나는 마음 속으로 그분들을 엄마라고 불렀습니다.

필리핀 남자 선생님은 듣던 대로 조용하고 차분하며 친절했습니다. 아빠에게 선물하라며 기내에서 와인을 하나 사주었습니다.

나는 내 배낭에 와인을 쑤셔넣은 뒤 자랑하듯 가방을

열어 보였습니다. 2년 동안 병원 생활 하면서 받은 선물들을 그대로 간직하고 있다고, 내 동생들에게 줄 거라고 자랑했습니다. 그중에는 킷 선생님이 준 스티커가 내 가방을 가장 많이 채우고 있었습니다.

필리핀 선생님은 웃으며 나를 아빠 엄마에게 무사히 데려다주겠다고 말했습니다. 본인은 그 순간이 가장 행복하고 그래서 자기의 일을 사랑한다고 했습니다. 아주 오랜 시간이 흐른 뒤에야 선생님의 말뜻을 이해할 수 있었습니다. 선생님의 직업은 정말 아름다운 직업이었습니다.

한국에서 하와이로 갈 때는 비행 시간이 8시간 정도 걸렸는데 돌아올 때는 13시간 정도가 소요됩니다. 선생님께 언제 도착하냐고 열 번 정도 물었을 무렵 안내 방송이 나왔습니다.

"웰컴 투 코리아."

드디어 한국에 돌아온 것입니다.

인천공항에 내렸습니다. 2년 전 울면서 가족과 헤어졌던 그곳입니다. 엄청난 인파 속에서 우리 가족만 시간이 멈춘 듯 가장 먼저 서로를 알아보았습니다. 아빠 엄마가 내 앞에 서 있었습니다.

선생님은 나를 가족에게 인계하고 아빠에게 종이에 사인 같은 것을 받았습니다. 선생님과 부모님 사이에 서툰 영어와 한국말 몇 마디가 오갔습니다. 선생님은 바로 다음 비행기를 타고 하와이로 돌아간다고 내게 말했습니다.

가족과 만나 얼마나 좋았는지 모릅니다. 아빠 엄마는 나를 꼭 껴안아주었습니다. 나는 가방을 열어 아빠에게 와인을 건네주었습니다. 그리고는 2년 동안의 이야기를 쉴 새 없이 늘어놓았습니다. 아빠 엄마는 울지 않기로 약속하고 나를 마중 나왔다고 합니다. 두 분은 목이 메어 말을 아꼈다고 했습니다. 2년 만에 만난 아빠 엄마에게 나 혼자 한참을 떠들고 있는데 엄마가 아빠에게 물었습니다.

"여보, 애가 뭐라는 거예요?"

집으로 돌아가 엄마가 차려준 맛있는 밥을 먹고 동생들에게 그간 내가 모은 선물을 나누어주었습니다. 남동생은 나보다 키가 더 커져 있었습니다. 5살이 된 여동생은 강아지를 품에 안고 잘도 뛰어다녔습니다. 자기 강아지라며 꼭 끌어안고 놓지 않았습니다. 내 강아지 지지도 그대로 있었습니다.

킷 선생님께 받은 만화 캐릭터 스티커를 자랑스럽게 내밀었는데 동생들은 그것들을 알지 못했습니다. 만화 주인공에 대해 열심히 설명했지만 동생들은 영어를 알아듣지 못했습니다. 손짓 발짓으로 더 설명하다 한국은 아직 둘리가 최고인 걸 깨닫고는 다른 선물을 꺼내 들었습니다.

우리 집은 좁았습니다. 우리 3남매와 강아지가 누우니 몸을 돌릴 수도 없을 만큼 좁았습니다. 그래도 나는 푹 잘 잤습니다.

한국에 돌아와 행복했던 나날도 곧 현실이라는 벽에 부딪혀 깨어졌습니다. 또 다른 난관이 기다리고 있었던 것입니다.

입학식

한국말도 서툰 아이, 게다가 얼굴 곳곳에 심각한 화상 흉터를 가진 나를 한국 학교에서는 받아주려 하지 않았습니다. 대신 특수학교에 보낼 것을 권했습니다. 우리 부모님은 단호했습니다. 당신의 딸은 결코 남들과 다르지 않고, 충분히 공부할 수 있다며 일반 학교에 입학을 밀고 나갔습니다.

나는 겨우 입학 허가를 받았으나 2학년이 아닌 초등학교 1학년이 되었습니다. 한국 학교에서는 외국의 병원 부설 학교의 출석 일수를 인정해 주지 않았기 때문입니다. 정확히는 그런 사례도 제도도 없었기 때문입니다. 부모님은 또 열심히 뛰어야 했습니다. 지역 기관으로, 구청으로, 교육청으로 열심히 돌아다녔지만 그 누구도 방안을 마련해 주지 못했습니다.

열심히 도와주던 슈라이너스 병원 사회복지사 선생님 리처드도 단념한 듯 무심하게 농담을 던졌습니다.

"어쩔 수 없지. 다시 1학년이 되면 네가 짱 먹을 거야."

엄마와 함께 집 근처 충무로에 있던 초등학교에 답사를 갔습니다. 충무공 이순신 동상이 늠름하게 서 있었고, 나는 그때 흙모래 운동장을 처음 보았습니다. 엄마가 교장선생님과 이야기를 나누는 동안 나는 교실을 둘러보았습니다. 윤기 나는 나무 바닥과 아기자기하게 꾸며진 게시판을 구경했습니다. 영어는 하나도 없었고 온통 한글뿐이었습니다. 교실 게시판 글씨를 손가락으로 짚어가며 뭐라고 적혀 있는지 읽어보려 애쓰는 중에 엄마가 상담을 마치고 나를 데리러 왔습니다.

초등학교 1학년 입학식 날이 되었습니다. 그날 남동생도 다른 반에 함께 입학을 했는데 엄마는 내가 있는 교실로 들어왔습니다. 나는 아이들보다 나이가 한 살 많았지만 더 작고 마르고 약했습니다. 내가 교실에 들어서는 순간, 모두들 나를 쳐다보았습니다. 그리고 수군거리기 시작했습니다. 나를 보기 위해 의자를 밟고 올라서는 아이들도 있었습니다. 어디선가 들리는 웃음소리와 엄마들의 말소리가 웅성웅성 커지더니 이윽고 그 소리들이 교실을 채웠습니다.

좋은 기운이 아니라는 것을 단박에 알 수 있었습니다. 내 짝꿍이 갑자기 자기 엄마에게로 가더니 내 옆에 앉기 싫다고 말했습니다. 나는 차마 엄마 얼굴을 볼 수가 없었습니다. 눈물이 날 것 같았습니다.

학교 생활은 즐겁기는커녕 괴로웠습니다. 화상 상처를 가진 나를 따돌리는 것은 물론 때리기까지 했습니다. 슈라이너스의 학교 생활과는 달랐습니다. 같은 반 40명 넘는 아이들 중 누구 하나 다친 아이, 아픈 아이가 없었습니다. 선생님들 중 누구도 장애를 가진 사람이 없었습니다. 내 말을 알아듣는 선생님도 없었습니다. 나를 안아주는 사람도 없었습니다.

나는 한국말을 몽땅 잊어버렸지만 '괴물'이라는 말은 알아들을 수 있었습니다. 아이들이 나를 '괴물'이라고 불렀기 때문입니다. 내 이름이 예쁘다고 말해 주던 코메나카 선생님이 보고 싶었습니다. 그러나 나는 이제 그곳을 떠나왔음을 몸으로 느낄 수 있었고 불안감에 호흡이 가빠지고 몸이 떨렸습니다. 그때 내가 느낀 혼란과 두려움이 지금 생각하면 공황장애 같은 것이 아닐까 짐작해 봅니다.

다른 학년 오빠 언니들이 선생님이 없는 것을 확인하고는 아무도 없는 빈 교실로 나를 끌고 가 책이며 의자로 때린 적도 있습니다. 나는 도망가거나 숨을 곳이 없었습니다. 도와달라고 소리치면 언니 오빠들은 나를 더 세게 내리쳤습니다.

아무도 도와주는 어른이 없었습니다.

포크댄스

초등학교 운동회 포크댄스 연습 때 아이들이 징그럽다며 내 손을 잡지 않으려 했습니다.

"누가 재랑 손을 잡을까?"

모두가 키득키득댔습니다. 왜 하필 운동회 때 포크댄스를 한다는 건지, 더 이상 친구들에게 놀림거리가 되고 싶지 않아 부모님께 학교 가기 싫은 이유를 말했습니다. 부모님은 잠시 고민하더니 내 손에 붕대를 감아주었습니다.

"이러면 뭐라고 할 사람 없을 거야."

부모님이 담임 선생님을 찾아가 우리 딸 손을 잡는 게 아니라 이 붕대를 잡으면 되는 것이니 참여할 수 있도록 부탁드린다고 말씀하셨습니다. 애써 나를 외면한 채 집으로 발길을 돌리는 엄마의 등이 흐느끼며 떨리고 있었습니다. 교실 창 너머로 보았습니다. 그 넓은 운동장을 가로질러 집으로 돌아가는 엄마의 뒷모습을 보니 나보다 더 아팠을 엄마의 심정이 느껴졌습니다.

내 손에 감긴 붕대를 움켜잡았습니다. 주먹이 쥐어지지 않았지만 주먹을 꽉 쥐었습니다. '정신 차려야 한다' '나는 그냥 아이가 아니다' '그 누구도 우리 엄마를 아프게 하지 못해' '나는 포크댄스를 추고 말 거야' 주먹을 꽉 쥐고 다짐했습니다.

운동회 날 아빠 엄마는 일이 바빠 나와 동생을 보러 오지 못했습니다. 나는 이 악물고 포크댄스를 췄습니다. 그날 내 얼굴은 눈물 범벅이 되었습니다. 그때 포기했더라면 아마 다시는 누군가의 손을 잡지 못했을 겁니다.

리코더 시험 때는 면봉으로 리코더 구멍을 막아 코드를 만들어 음악 시험을 보았습니다. 무언가를 포기하고 싶어질 때마다 붕대 감고 쥐었던 주먹을 떠올립니다.

이후로 나는 결코 뒤로 물러서는 법이 없습니다.

학교가 끝나고 집으로 가는 길, 사람들이 모두 나를 불쌍하게 쳐다보는 것만 같았습니다. 머리카락으로 얼굴을 감추고 땅만 보고 뛰어 집으로 갔습니다. 눈물을 삼키고 울지 않았습니다. 울면 지는 것 같아서 눈물을 삼켰는데 그럴 땐 눈물이 심장으로 파고들어 심장을 찌르는 것처럼 아팠습니다.

집 대문 앞에서는 온 힘을 다해 몸을 꼿꼿이 세웠습니다. 허리 펴고, 어깨 펴고, 옷 정돈하고 주문을 외웠습니다.

"난 끄떡없어!"

다시는 아빠 엄마 눈에서 눈물 나게 하는 일은 만들지 않겠다고 다짐했기에 나는 견뎠습니다. 거울에 비친 나를 보며 행복해질 거라고 수없이 말했습니다.

학교 폭력에 시달리다 어느 날부터는 맞받아치는 법을 터득했습니다. 살기 위해서 내가 먼저 주먹을 날렸습니다.

"그래, 나 손가락 없고, 괴물 같고 징그럽다, 왜. 니가 보태준 거라도 있냐?"

나는 달라졌습니다. 혼날 때 혼나더라도 당당하게 살기로 했습니다. 보이는 곳마다 온통 흉터가 있으니 가릴 수도 숨길 수도 없었습니다.

아이들과 싸워 선생님 앞에 불려갈 때도 나는 큰 목소리로 당당하게 말했습니다.

"제가 원해서 이렇게 된 것도 아니고, 제가 죄를 진 것도 아닌데, 왜 맞고 있어야 하나요? 저는 잘못한 게 없어요! 선생님은 저 애 이야기만 믿고 내 말은 믿지 않으니까 내가 저 아이를 혼내준 것뿐이에요."

그런 내 모습을 좋아해 주는 친구들이 하나 둘 생겼습니다. 리처드 말이 맞았습니다. 나는 짱 먹었습니다. 빨리 어른이 되고 싶었습니다. 그래서 나처럼 장애를 가진 친구를 놀리는 아이들을 보면 외면하지 않고 혼내 주고 싶었습니다.

초등학교 같은 학년에 다니던 남동생은 내가 당할 때 가만 있지 않고 몸을 던져 싸워주었습니다. 유치원 화재 때 5세 반에 있던 그 남동생입니다. 동생과 나는 교장실을 자주 들락거려야 했습니다. 남들과 다른 누나를 둔 덕에 평생을 함께 아파해 준 동생입니다. 학교에서 그 누구도 나를 도와주지 않았을 때 유일하게 나를 지켜준 동생입니다. 공부도 잘하고 심성도 고왔던 남동생이 나로 인해 적을 만들게 된 것이 너무나 미안했습니다.

우리 남매는 그렇게 용감한 학창시절을 보냈습니다. 단 한 번도 나의 아픔을 묻지 않고 내 곁에 있어준 동생입니다. 동생에게 미안하고 고마운 마음 평생 잊지 못합니다. 동생과 내가 같은 학년을 보내는 바람에 족보가 좀 꼬였지만 그것도 훗날 좋은 추억으로 남았습니다. 내 절친과 남동생의 절친이 결혼을 해서 우린 더욱 돈독해졌습니다.

가난한 우리 집

그렇게 우여곡절 끝에 초등학교 6년을 마치고 나와 남동생은 같은 중학교에 입학했습니다.

주먹 남매(?)의 소문을 들었던 것인지 이번에는 친구들이 아무 말이 없습니다. 내가 복도를 지나갈 때면 남동생 친구들이 일렬로 서서 "누님 오셨습니까?" 놀리곤 했지만 나를 괴물이라고 부르지 않아준 것만으로도 충분히 고마웠습니다.

중학교 1학년 담임은 김말녀 선생님이셨는데 선생님은 학기 첫날 당신의 이름 덕에 나보다 더 주목을 끌었습니다. 나에게 포기하지 않는 법, 살아남는 법, 견디는 법을 알려주신 참스승입니다.

당시에는 무상교육도 무상급식 시대도 아니었습니다. 나는 찢어지게 가난한 집 딸이었습니다. 거의 매일 내 도시락에는 밥과 김치뿐이었습니다. 집에 쌀이 떨어지는 날도 허다했습니다. 나도 남동생도 점심밥을 얻어먹지 못하는 날엔 우린 굶어야 했는데 친구들이 도시락을 먹는 동안 우리는 운동장에서 시간을 때웠습니다.

가난은 화상만큼 무서웠습니다. 내가 다치면서 우리 집 가세가 기울게 된 것입니다. 가난이란 게 가족 중에 누구 하나 아프면 인정사정 볼 것 없이 찾아오는가 봅니다. 그럼에도 가족과 헤어지지 않고 함께 할 수 있어 견딜 만했습니다.

그날이 오고야 말았습니다. 학교 복도 전체로 울려 퍼지는 학비 미납 학생들의 호출 방송이 시작되었습니다. 나와 남동생의 이름이 불렸습니다. 화상으로 놀림 받는 것이 멈추어 꽃길을 걷나 싶었더니 또 한 번 놀림거리가 되었습니다. "화상 입은 그 아이가 학비까지 못 냈대"라는 이야기가 내 귀엔 왜 그리 잘 들리던지.

교무실로 내려가는 길에 눈물이 줄줄 흘러 누가 볼까봐 화장실에 들어가 울었습니다. 담임 선생님이 나를 불렀습니다. 교사 화장실에서 울고 있는 나를 우연히 보게 되었다며 왜 울었던 건지 물어보셨습니다. 나는 집안 사정을 설명했고 이야기를 다 들은 선생님이 나를 다독여 주셨습니다. 무엇이든 포기해선 안 된다고 말씀해 주셨습니다.

선생님이 애써주신 덕에 나와 남동생은 장학금으로 학비를 낼 수 있었습니다. 이후로도 선생님은 내가 쓴 일기를 반 친구들에게 소개하며 내 글이 참 좋다고, 글 쓰는 재주가 있다며 공개적으로 칭찬을 해주었습니다. 나는 글짓기 대회 때마다 상을 탔습니다. 선생님의 칭찬 한 마디로 나는 글쟁이가 되었습니다. 아직도 글의 첫 문장을 쓸 때면 "선생님 고맙습니다" 나지막이 되새깁니다.

14살, 나는 다시 가족과 헤어져 하와이로 가게 되었습니다. 중학교 1학년을 채 마치지 못하고 떠나게 된 것인데 성장기에 필수인 피부이식 수술이 급했기 때문입니다.

우리 집은 여전히 가난했고 수술비는 난감했고 한국 사회에서 화상에 대한 시선과 편견은 가혹했습니다. 나는 사춘기를 지나고 있었습니다. 버스나 지하철을 타면 손가락질 당하고 징그럽다고 내리라고 하는 사람도 있었습니다. 식당에 가면 다른 손님들이 불편해 한다고 자리를 내어주지 않았습니다. 목욕탕에서도, 영화관에서도 핀잔에 발걸음을 돌려야 했습니다. 나를 얕잡아보고 성추행을 하는 어른도 있었습니다.

나를 안쓰럽게 여긴 부모님은 딸아이를 미국 하와이 병원과 학교에 입학시키기 위해 다시 하와이로 보내야겠다고 결심했습니다. 딸을 지키기 위한 몸부림 같은 것이었습니다. 이번에는 메디컬 비자가 아닌 유학 비자였습니다.

하와이로 떠나기 전에 아빠는 내 손을 잡고 공원, 산, 교회, 성당, 백화점 등으로 데리고 다녔습니다. 무뚝뚝하던 우리 아빠가 내게 원피스와 구두를 사주고 그때만큼 많은 이야길 들려준 적이 없습니다. 많고 많은 이야길 들려주었는데 한마디로 요약하면 이것입니다.

"행복해라."

아빠는 내가 하와이로 떠난 뒤 날마다 우셨다고 합니다. 아빠에게 전화를 걸면 목이 메어 말을 잇지 못하고 엄마랑 통화하라며 엄마를 바꿔 주었습니다. 그런 아빠를 위해서라도 나는 꼭 행복해지고 싶었습니다.

5장

다시 하와이로

홈스테이

미국은 9월에 학기가 시작됩니다. 나는 1999년 8월에 하와이행 비행기에 올랐습니다. 인천공항은 새 단장을 한 직후라 화려하게 빛나고 있었습니다. 배낭 하나 달랑 메고 혼자 하와이로 떠났습니다. 배낭 안에는 그 달 내야 하는 홈스테이 비용과 생활비가 들어 있었습니다. 아빠 엄마가 달러로 환전해서 넣어준 전 재산입니다.

하와이에 도착해 셔틀버스를 기다리며 하늘을 올려다보니 뜨거운 태양이 동그랗게 내리 쬐고 있었습니다.

"Sunny side up!"

태양에게 내가 돌아왔노라고 말했습니다. 돌고 돌아 구르고 굴러 다시 이곳이라니. 그렇지만 나도 언젠가 저 태양처럼 동그랗게, 밝게, 웃는 날이 올 거라 믿으며 하와이에서의 인생 제 2막을 시작하게 되었습니다.

내가 홈스테이를 한 곳은 일본 가정이었습니다. 유학생들을 위한 '홈스테이'라는 개념이 그때 한창 자리잡을 때였습니다.

학교는 예수성심학교(Sacred Hearts Academy)라는 사립 여자 중고등학교에 입학했습니다. 100년의 역사와 전통을 자랑하는 명문 학교였습니다. 가톨릭 재단에서 운영하는 학교인데 미국에서 보기 드물게 교복을 입는 학교였습니다. 배낭 하나 메고 와서 옷이 서너 벌뿐인 나에게는 잘된 일이었습니다. 근처에는 오바마 대통령이 졸업한 푸나호우 고등학교(Punahou High School)가 있었습니다.

유학생은 국공립학교에 진학할 수 없고 사립학교에만 다닐 수 있습니다. 내가 사는 동네는 학교들과 공원이 많은 안전하고 버스 노선이 잘되어 있는 동네였습니다. 하와이에는 지하철이 없습니다. 택시와 버스뿐인데 택시는 요금이 비싸기 때문에 오랫동안 하와이에 살면서도 택시를 타본 적이 없습니다.

학교 선생님들과 수녀님들의 관심 덕분에 나는 학업을 곧잘 따라갔습니다.

홈스테이 생활도 편안했습니다. 홈스테이 집은 기숙사처럼 되어 있는 2층짜리 가정집이었습니다. 홈스테이를 운영하는 부부와 10명 정도의 내 또래 학생들이 모여 살았습니다. 나를 제외하고 모두 일본 유학생이었습니다.

하와이에는 일본 사람들이 많이 살고 있습니다. 다른 나라 사람들과의 공동체 생활은 슈라이너스 병원에서 해본 경험이 있기에 큰 문제가 되지 않았습니다. 국적불문하고 사람 사는 곳에서 사람다운 마음 가지고 내 할 일만 잘하면 사는 건 어차피 똑같았습니다.

홈스테이 생활을 하면서 일본인 특유의 강점이자 장점을 알고 배우게 되었는데, 남의 일에 크게 관여하지 않는 것, 정해진 규칙을 지키며, 조금이라도 폐를 끼치는 행동은 하지 않는다는 점입니다.

같은 방을 사용했던 유미라는 친구 덕분에 나는 공동

으로 사용하는 욕실에 머리카락을 남기지 않게 되었고 아무리 작은 소리여도 음악을 들을 때는 꼭 이어폰과 헤드폰을 사용했습니다.

일본 가정에서 지내다 보니 식사를 하기 전에는 "이타다끼마스", 식사 후에는 "고치소사마데쓰"와 같은 일본식 인사를 배웠습니다. 한국어와 일본어가 한자를 사용한다는 공통점이 있어서 서로의 언어를 금세 익히고 배웠습니다.

홈스테이 가족들이 나를 통해 한국이라는 사람, 한국이라는 나라에 대한 좋은 인상을 가질 수 있도록 나 역시 모든 일에 최선을 다했습니다.

예수성심학교

하와이에서의 생활 동안 누구도 내 흉터에 대해 묻거나 놀리는 사람이 없었습니다. 정확히 말하자면 흉터에 대해 궁금할 수도 있었겠지만 모두들 자신의 호기심을 절제하고, 애써 티내지 않으려고 노력했다는 표현이 더 맞는 것이겠지요.

학교 선생님과 수녀님들은 나를 볼 때마다 안아주며 볼에 뽀뽀를 해주었습니다. 수녀님들은 거의 매일 하루도 빠짐 없이 "날씨가 좋다", "밝아 보인다", "오늘 하루도 너의 것이다"와 같은 따뜻한 말을 건네주었는데 나는 그

것이 형식적인 인사임을 알지만 그럴 때마다 내 머리에 손을 올리고 축복 기도를 해주었던 에이미 수녀님이 떠올라 가슴이 뭉클해졌습니다. 이때쯤입니다. 어쩌면 내가 수녀의 삶을 살게 될지도 모른다는 막연한 생각에 교리를 공부하여 안수를 받고 '마리안나'라는 세례명을 받게 된 것이.

바쁜 날엔 사람들과 간단히 하와이식 손인사 '알로하'를 주고받았습니다. 오랜 시간 하와이에 살면서 알게 되었는데 '알로하'는 단순히 만나고 헤어질 때의 '안녕'의 의미가 아닌 '사랑'과 '평화'를 상징하고 그 태도와 정신을 포함하는 말입니다. 사랑과 평화를 추구하는 것이 '알로하 정신'인 셈입니다.

머지않아 알로하 정신 대신 '헝그리 정신'으로 살게 되는 사건이 있었는데 IMF를 호되게 겪은 부모님이 더 이상 생활비를 보내줄 수 없게 된 것입니다.

유학생 신분으로는 정식으로 일을 할 수 없기 때문에 과외, 세일즈, 청소 등 현금으로 주고받는 일거리면 닥치는 대로 했습니다. 낮에는 공부하고 저녁부터 밤까지는 아르바이트로 정신없이 살았습니다.

예수성심학교 시절, 친구와 함께

나의 딱한 사정을 알고 코메나카 선생님이 나를 당신 집으로 데려가 딸처럼 돌봐주었습니다. 선생님의 남편과 자녀들 역시 한국에서 온 어린 여자아이를 따뜻하게 가족으로 받아주었습니다. 이들은 가족 행사와 경조사에도 내 이름을 올렸습니다.

'나의 한국인 딸, 하나(My Korean daughter Hana).'

코메나카 선생님과는 지금까지 30년 가까이 이어지고 있는 귀한 인연입니다.

하루는 코메나카 선생님 부부에게 식사를 대접하고 싶어 작은 식당에 모시고 갔습니다. 코메나카 선생님이 나보다 먼저 식사 비용을 계산하고는 고맙다고 말씀하십니다. 자신 역시 대학시절 너무나 가난해서 대학교 지하 창고에서 생활하며 찐 감자 한 알로 하루를 버티며 겨우 졸업했다고 했습니다.

선생님의 학창시절 이야기가 한참 이어졌는데 내게 아르바이트를 줄이고 학업에 매진하라고 조언을 해주기 위해서였습니다. 그 무렵 나는 미국 대학 입학시험인 SAT를 앞두고 있었기 때문입니다.

선생님의 조언대로 아르바이트 일을 관두니 성적이 안정권에 들며 시간이 남아도는 착각마저 들었습니다. 선생님의 관심과 도움으로 하루 세끼 건강하게 식사하고 공부하여 만족스러운 성적을 낼 수 있었습니다.

봉사활동

학교가 끝나면 나는 버스를 타고 어디든 잘 돌아다녔습니다. 무엇을 어떻게 해야 할지 몰라 일단 내가 받은 가장 큰 은혜에 보답할 수 있는 길을 찾아 슈라이너스 병원으로 향했습니다. 버스를 타고 다니면서 예전에 킷 선생님이 병원 근방에 새로 생긴다고 말해 주었던 호텔, 쇼핑몰, 식당들을 볼 수 있었습니다. 하와이는 내가 입원해 있을 때보다 훨씬 도시화되었습니다. 맨발로 길을 걷는 사람도 거의 없었고 큰 도로가 생겼고 건물도 많아졌습니다.

병원에서 봉사활동을 시작했습니다. 레크레이션 시간에 아이들 수학과 언어를 지도했고, 킷 선생님을 도와 엑스레이실의 문서 정리를 했고, 한국에서 온 환자들을 위한 통역을 돕기도 했습니다.

슈라이너스 병원은 나의 집이자 고향 같은 곳입니다. 6~7년 만에 다시 찾은 병원은 어제의 기억처럼 그대로였습니다. 내가 지냈던 병실, 수업 들었던 교실이 그대로 있었습니다. 코메나카 선생님, 사회복지사 리처드 선생님, 의사 선생님, 간호사 선생님, 엑스레이실의 킷 선생님 모두 그대로였습니다.

"오 마이 갓! 하나가 돌아왔어!"

킷 선생님이 나누어주던 스티커가 인기몰이를 했는지 슈라이너스 로고가 담긴 스티커, 연필, 공책, 배지와 가방도 새로 생겼습니다.

부모를 떠나 치료를 시작하는 슈라이너스 아이들에게 내 이야기를 들려주었습니다.

"나도 너희들이랑 똑같았어."

침대 밑에 있다가 나와서 내 이야기에 관심을 갖는 아이도 있었습니다. 가끔 차트에 대한 이야기도 들려주었

병원으로 봉사활동을 다닐 무렵

습니다. 차트라는 것이 있는데 뭐가 어떻게 적힐지 모르니 조심하라는 그런 장난스런 협박 같은 것이었습니다.

나는 7살 때부터 이야기꾼이었습니다. 병원 아이들을 모아놓고 내 이야기를 하다 보면 시간 가는 줄 몰랐습니다. 저녁 먹을 시간이 되어서야 집으로 돌아왔습니다. 아이들은 나를 기다렸고 나도 아이들을 만나러 가는 병원 봉사활동이 즐거웠습니다. 병원 관계자들이 병원 식당에서 언제든 밥을 먹고 갈 수 있게 배려해 주었습니다. 봉사시간이 쌓이면서 16살 때 전국 최우수 자원 봉사자로 뽑혀 상을 받았습니다. 봉사활동 덕분에 매년 장학금을 받았습니다.

틈만 나면 장학금, 봉사, 공모전 등에 서류를 냈습니

다. 한국에 계신 부모님을 기쁘게 해드리고 돈 걱정을 덜어드리고 싶었습니다. 또 지금 치료받고 있는 병원 아이들에게 자랑스러운 병원 선배가 되고 싶었습니다. 병원 아이들이 나를 보면서 희망을 얻고 웃음을 찾아가는 모습이 기뻐서 눈물이 났습니다. 나처럼, 아니 동물처럼 포효하지 않아서 대견하고 감사했습니다.

코메나카 선생님

코메나카 선생님은 일본계 미국인입니다. 선생님은 일본 말보다 한국말에 관심이 많아 나에게 한국말을 많이 물어보셨습니다. 맨 처음 하와이에 갔을 때도 선생님은 간혹 수업 중간에 한국을 소개하면서 김치는 무척 매운 음식이라 본인은 절대 못 먹는데 나는 잘 먹을 수 있다며 자랑스러워하셨습니다. 그때 선생님의 칭찬이 정말 듣기 좋았습니다.

당시엔 K-POP이나 한류라는 개념이 없던 시절이라 한국 하면 떠오르는 이미지는 '김치'가 전부였는데 주눅

들어 있던 나에게 힘을 보태주고 싶었던 선생님의 그 마음을 잊지 못합니다.

코메나카 선생님은 나의 장점과 재능을 찾아내 키워주려고 애쓰셨습니다. 전직 작가인 선생님의 남편은 내게 글 쓰는 법, 사진 찍는 법을 꼼꼼하게 알려주며 계절별로 사진 찍기 좋은 곳들을 데리고 다녔습니다. 사시사철 여름인 하와이지만 여름 안에서도 기온 차가 크기 때문에 나름의 계절이 존재하고, 하루 열두 번도 더 내리는 비의 종류도 다양합니다.

코메나카 선생님은 배우고 창조해서 돈을 버는 과정을 세밀하게 알려주며 어디 내놓아도 굳건하게 살아갈 수 있도록 온 힘을 다해 지도해 주고 사랑해 주셨습니다. 선생님 자녀들은 이미 마흔이 훌쩍 넘어 멀리 살고 있었기 때문에 나는 선생님과 함께하는 시간이 많아서 좋았습니다.

선생님은 내 종이 공예 실력이 뛰어나니 카드를 만들어 판매해 볼 것을 권유했습니다. 주변 사람들에게 내 이야기를 들려주고 도움을 청하고 교회 행사나 바자회를 열어 내가 만든 카드를 팔아 용돈을 벌 수 있게 해주셨습니다. 선생님의 근사한 제안으로 한 발 앞으로 나아가게 되었습니다. 자신감이 생겼습니다. “나에게도 재능이란 것이 있구나!” 나를 편견 없이 보아주고, 아름답게 보아주고, 나의 재능을 발견해 주는 그 한 사람 덕분에 나는 충분히 행복하다는 것을 깨닫게 되었습니다.

쿠키 굽기와 빵 만들기도 가르쳐주셨습니다. 선생님에게 빵을 굽는 일은 단순히 음식을 만드는 것이 아닙니다. 선생님은 매일 새벽 4시에 일어나 핫도그 50개와 머핀 50개를 구웠습니다.

“하나야, 오늘도 홈리스를 만나러 갈 건데 함께 가주겠니?”

선생님은 내가 학교 가는 길에 홈리스가 많은 공원에 들러 그들을 안아주고 손수 만든 음식을 나누어주었습니다. 하와이는 항상 따뜻한 여름 나라인 데다 산에는 열매가, 바다엔 생선이 풍부하여 노숙자들이 많습니다. “저는 노숙자입니다”라고 자신을 소개를 할 만큼 노숙자가 많았고 행색도 그리 초라하지 않았습니다. 적어도 내 눈에는 그랬습니다.

그들에게도 아픔이 있고 그늘이 있었습니다. 노숙자

가 되기까지의 사연도 다양했습니다. 그렇지만 대부분 밝고 유쾌한 사람들이었습니다. 우리는 모두 같은 아픔과 사연이 있는데 그 모양만 다르다는 것을 배웠습니다.

우리는 금세 친해졌습니다. 어느샌가 그들 앞에 앉아 내 이야기를 하고 있었습니다. 노숙자들에게 화상의 아픔을 들려주는 나는 천생 이야기꾼이었습니다. 코메나카 선생님이 만든 빵을 노숙자들에게 모두 나누어주고 나서야 학교로 향했습니다.

'눈물의 빵'은 내가 가족들과 생이별 할 때인 7살에 이미 맛보아 알고 있었지만 선생님의 숭고한 정신이 담긴 '노숙자 빵' 앞에서는 절로 고개가 숙여졌습니다. '나눔'이란 참으로 많은 이들이 행복해지는 '기적'입니다. 선생님을 보면서 나도 그런 나눔을 하고 싶다는 생각이 간절했습니다.

하와이 주립대학교

2004년 여름, 코메나카 선생님 마당에 사는 고양이에게 가장 먼저 기쁜 소식을 알렸습니다. 하와이 주립대학교(University of Hawaii)에 합격한 것입니다. 학교 입학 허가서를 받고 나에게도 이런 기쁨의 날이 오는구나! 감격스러웠습니다.

그날 저녁 선생님은 나를 꼬옥 안아주며 나보다 더 기뻐해 주었습니다. 고등학교 졸업식 날에도 부모님 대신 선생님이 내 곁에 서 계셨습니다. 어느새 내가 선생님보다 키도 몸집도 더 커져 있었습니다.

2007 CASAA Scholarships

The CASAA board looks forward to its annual undergraduate scholarship luncheon. (bottom row from l-r) Hana Rha, Michele Hamada, Deanne Lee, and Sharon Agacid (middle row from l-r) Dave Erdman, Mike McMurdo, Bernadette Baraquio, Kyuryung Hwang, Winnie Chan, Jane Fukunaga, Jean Toyama, and Karin Mackenzie (top row from l-r) Dick Dubanoski, Tom Bingham, Hirosato Yoshida, Russell Ando, Sue May, and Chuck Hayes.

Rodney P. Santos Scholarships ($1,000)
Sharon Agacid, Biology
Billy Ching, Mathematics
Michele Michiko Hamada, Speech Comm.
Deanne Lee, History
Hana Rha, Second Language Studies

CASAA Annual Scholarship ($750)
Hirosato Yoshida, Anthropology

CASAA Academic Opportunities Scholarship ($2,500)
Kyuryung Hwang, Political Science

2007년 CASAA 장학금을 받은 내용이 하와이주립대학 소식지에 실렸습니다.
(아랫줄 맨 왼쪽)

"선생님, 제가 포기하지 않고 지금 이 순간까지 올 수 있었던 건 모두 선생님 덕분입니다. 감사합니다."

일흔 살의 선생님이 내 손을 잡고 말씀하셨습니다.

"나는 우리 아이들을 다 키워 독립시키고 그게 다라고 생각했단다. 근데 말년에 너를 만났고 삶의 끄트머리에서 가장 큰 보람과 기쁨을 느꼈는데 그게 바로 너야."

우리는 서로 부둥켜안고 울었습니다. 코메나카 선생님 남편 분이 그날의 추억을 사진으로 담아 앨범으로 만들어 주셨습니다. 한인신문에 내 이야기가 실릴 때 그 사진이 사용되었습니다.

나는 대학 시절 내내 장학금을 놓치지 않았고 Dean's

List(수석, 차석 졸업생들)로 조기 졸업을 했습니다. 전공이 영어 교육과 한국어 교육이라 나의 첫 직업은 ESL 교사였습니다. 주말에는 한인 아이들에게 한글을 가르치는 봉사를 했습니다. 슈라이너스 병원에도 매주 찾아갔습니다. 나에게 '배움'은 '나눔'이었습니다. 그래서 나는 "배워서 남 주자"라는 말을 좋아합니다.

6장

언제나 어디서나

소울메이트

코메나카 선생님 가족이 아무 말 없이 나를 받아주었던 것처럼, 내게 정말 소중한 또 한 사람이 나타났습니다. 제 남편입니다. 남편은 화학을 전공하는 유학생으로 우리는 같은 대학에 다녔습니다. 대학 도서관에서 일하는 저를 보고 남편이 데이트 신청을 했습니다. 하얀 피부에 뚜렷한 이목구비, 키는 아담하지만 다부지고 넓은 어깨 그리고 호탕하게 웃는 그의 모습이 멋있었습니다. 나중에 들은 이야긴데 남편 별명이 '하와이 이병헌'이라고 합니다. 하와이에서는 먹히는 얼굴이랍니다. 본인이 직접 붙인 별명인지 어쩐지 알 길이 없습니다.

남편이 따뜻하고 멋있는 청년임에는 틀림없지만 내 상황이 좋지 않은 것 역시 분명했습니다. 장학금을 받기 위해서는 성적을 유지해야 했고, 생활비를 벌어야 했고, 가족에게도 돈을 보내주어야 했기에 남편과 데이트를 할 시간이 있을까, 내가 이 사람과 만나는 게 사치는 아닐까, 나는 흉터도 있고 장애도 있는데 정말 괜찮은 걸까 망설여졌습니다. 그럼에도 불구하고 우리는 자기 자신보다 상대방을 더 많이 사랑하게 되었습니다. 남편이 제 손을 잡으며 말했습니다.

"우리는 아주 행복한 가족이 될 거고 부자가 될 거야. 내가 꼭 그렇게 만들 거야."

그동안 지갑에 넣고 다니던 가족사진을 빼고 남편 사진을 넣었습니다. 나를 부자로 만들어주겠다는 그 말 때문만은 아니었습니다. 남편이 참 좋았습니다. 모든 것을 잃어도 이 사람과 함께라면 행복할 수 있을 것 같았습니다. 15년간 향수병을 달래 주던 우리 가족사진을 꺼내려니 살짝 미안한 마음이 들었습니다. 남편 사진도 그리 오래 가지는 못했습니다. 아이가 태어나고 아이 사진이

대학 졸업식, 남편과 함께

담겼으니까요. 한때는 내 꿈이 수녀였다는 말은 차마 누구에도 하지 못했습니다.

2008년 대학을 졸업하자마자 우린 결혼했습니다. 내 나이 25살 때였습니다. 먼저 결혼한 친구에게 웨딩드레스를 빌려 입고, 머리 손질 잘하는 친구에게 메이크업을 맡기고, 사진 잘 찍는 친구가 우리의 결혼식 사진을 찍어주었습니다.

알라모아나 해변에서 우리는 소박한 결혼식을 올렸습니다. 결혼할 때 남편은 결혼반지를 목걸이로 만들어 제 목에 걸어주었습니다. 왼손 약지가 없는 나를 위해 반지를 목걸이로 엮어준 것입니다. 남편은 단 한 번도 내 화상 흉터에 대해 묻지 않았습니다. 내가 "왜 아무

것도 묻지 않냐"고 물으면 그걸 왜 물어야 하냐고 되묻는 남편입니다. 나의 흉터를 보지 않고 내 눈을 보고 말해 주던 사람, 하늘에서 보내 준 가장 큰 선물은 바로 남편입니다.

내가 손이 불편해 과일을 어설프게 깎거나 손을 다치기라도 한 날에는 남편이 과일을 깎아 냉장고에 가득히 넣어주고 출근했습니다. 누군가 내게 다가와 왜 다쳤냐고 물으면 우리 남편이 끼어들어 '알지도 못하는 사람에게 아픈 거 묻는 사람은 정신이 아픈 사람'이라며 나를 보호해 주었습니다. 그럴 때면 어린 시절 춘천 가는 기차 안에서 내가 엄마를 위해 씩씩거리며 열 내던 날이 떠오릅니다. 남편을 통해 사랑을 배웠습니다. 내가 사랑하는 사람이 속상해 하는 것에 화가 나는 일이 그중 하나입니다.

"보이는 모습이 아니라 나의 내면을 봐줘서 고마워."

온전히 내 마음을 보아준 남편에게 고맙다고 말을 할 때면 남편이 받아칩니다.

"내면을 보다니, 내면 봤으면 너랑 결혼 못 했지. 나는 네 얼굴만 봤어. 예쁜 거 하나 보고 결혼한 거야!"

가족의 힘

2009년 큰아이 이삭을 낳았습니다. 이삭(Isaac)이란 이름은 코메나카 선생님과 함께 다니던 마키키(Makiki) 교회 목사님의 아들 이름과 똑같습니다. 내가 고등학생 때 교회에서 목사님의 아기를 보고 반해서 '내가 나중에 아들을 낳으면 이삭이라고 지어야지!' 마음 먹었기 때문입니다.

'이삭'은 '웃음'이란 뜻입니다. 코메나카 선생님은 분만실에 한걸음에 달려와 이삭이를 받아주셨습니다.

선생님이 이삭이를 안고 기뻐 외쳤습니다.

"Ten fingers and ten toes!(열 손가락 열 발가락이야!)"

미국에서 아이가 건강하게 태어났다는 의미로 흔히 쓰는 표현입니다. 내가 선생님께 말했습니다. "나보다 손가락이 많군요!"

남편과 선생님, 그리고 나는 이삭이를 안고 울고 웃었습니다. 지금까지의 고난은 가족을 만나기 위한 여정이었나 봅니다. '가족'이라는 큰 선물을 받기 위한 여정.

선생님은 자신의 집으로 우리 가족을 불러 한 달간의 산후조리를 해주셨습니다.

한국인 딸을 둔 덕분에 선생님은 2000년도 초에 한류 문화를 빠르게 접하게 되었는데 특히 '좋은 아침'과 드라마 '올인'을 즐겨 보셨습니다. 하와이에서는 한국 방송 채널 하나에 똑같은 프로그램 몇 개를 반복적으로 틀어주었기 때문입니다. K-POP과 한류가 인기몰이를 할 무렵 선생님은 교직에서 퇴직했고 한국 드라마 보는 시간이 가장 행복하다고 하셨습니다. 나는 미국 드라마를 좋아했지만 선생님은 한국 드라마, 그것도 사극을 좋아하셨기 때문에 우리는 저녁마다 파이를 먹으면서 한국 드라마를 보았습니다.

결혼과 출산 후에도 화상 치료와 수술이 이어졌습니다. 그런 나를 보면서 남편은 불안해 했습니다. 얼굴과 목 수술을 할 때면 잘못됐을 경우를 대비해 남편이 보호자로서의 모든 책임을 지겠다는 서명을 해야 했습니다. 남편은 수술 도중에 내가 잘못되기라도 할까 봐 걱정이 된다고 했습니다. 담당 의사 선생님이 자신의 실력은 여기까지가 한계라며 더 이상의 수술은 어렵다고 했습니다.

나는 한국에 돌아가 화상 치료를 더 받고 싶었습니다. 시간이 많이 흘러 이제는 한국의 미용의료 기술과 화상 치료가 많이 발전했다는 소식을 들었기 때문입니다. 화상 전문병원도 이전보다 훨씬 늘어났다는 이야기를 들었습니다. 한국의 가족들도 그리웠습니다. 한국에 돌아가 살고 싶다는 생각이 절실했습니다. 남편에게 한국에 돌아가면 어떻겠냐고 물었을 때 늘 그랬듯이 남편은 단박에 OK라고 말해 주었습니다.

고척동 생활

2010년 우리 가족은 한국으로 돌아왔습니다. 하와이로 떠날 땐 나 혼자였는데 고향집으로 돌아올 땐 배 속의 둘째까지 네 식구였습니다. 친정에 오니 친정 식구들은 반 지하방에서 여전히 가난하게 살고 있었습니다.

내 앞에는 따뜻하고 푸짐한 밥상이 차려졌습니다. 친정 아빠의 식사 기도는 눈물로 시작해서 눈물로 끝이 났습니다. 나는 우는 아빠에게 말했습니다.

"아빠는 고생을 덜했구나. 난 눈물이 말라서 나오질 않아."

그렇게 우리는 훌쩍거리며 밥을 먹었습니다.

남편은 구로구 구로동에 직장을 잡았고 집은 남편 회사와 가까운 고척동에 얻었습니다. 2011년 둘째 이안을 낳았습니다. '이안'은 '선물'이란 뜻입니다. 남편과 내가 함께 지은 이름인데, 우리가 걸어온 이 모든 순간이 선물이라는 의미로 지은 이름입니다.

이안을 낳고 몇 차례의 수술을 더 받았습니다. 여전히 얼굴과 몸에 흉터가 남아 있고 여전히 괴상스러운 손을 가지고 있지만 현재의 내 모습에 만족하며 살기로 했습니다. 나에게는 지켜야 할 가족이 있기 때문입니다. 30년간 40번이라는 긴 수술을 끝냈습니다.

아침에 눈을 뜨는 일이 즐거웠습니다. 눈을 뜨면 병원 천장이 아닌 우리 집 천장이라서 행복했습니다. 얼굴에 흉터 좀 있으면 어떤가요, 웃을 수 있으니 다행입니다. 손가락 좀 없으면 어떤가요, 아직 남아 있습니다. 불편하고 부족하면 어떤가요, 서로 보듬고 살면 그만입니다. 매일 매일이 선물입니다. 이제는 내 자신보다 더 사랑하는 사람들이 생겼기 때문입니다.

그림책 꽃밭

나는 대학에서 교육 관련 전공을 했기에 이론으로는 아이들 자라는 과정을 누구보다 잘 알고 있습니다. 그러나 막상 남자 아이를 차례로 낳아 키우다 보니 내가 배운 교육학이 별 도움이 되지 않았습니다. 유난히 움직임이 많은 첫째 아이와 뒤로 넘어가듯 울어대는 둘째를 데리고 쩔쩔 매며 하루를 보냈습니다. 육아서적에서 읽은 육아 우울증이란 말만 떠올랐습니다.

작은아이까지 어린이집에 보내게 되자 한국의 또래 엄마들 모임에 나가고 싶어졌습니다. 처음 찾아간 곳이

'그림책 꽃밭'이라는 모임이었습니다. 한국에 돌아온 지 3년 정도 지난 2013년입니다.

고척도서관 가는 길목에 '도서관 가는 길'이라는 그림책 카페가 있었습니다. 그림책을 읽고 쓰는 회원을 모집한다는 글을 보고 인연이 되어 지금까지도 그림책을 통해 마음을 풀고 글을 쓰고 회원들과 생각을 나누면서 좋은 인연을 만들어가고 있습니다. 꽃밭을 만나서 책과 커피와 카페를 더 좋아하게 되었습니다.

꽃밭 회원 대부분은 엄마들입니다. 여자로, 아내로, 엄마로 살면서 때론 지쳐 울고 나를 잊고 사는 경우가 있습니다. 그림책 선생님은 암과 싸워 이긴 강인한 엄마입니다. 우리는 그림책을 읽고 글을 쓰면서 책 속에서 '나'를 발견하는 여행을 시작했습니다. 파주 출판단지와 '평화를 품은 집'으로 견학을 다니고, '굿바이 영등포 교도소 행사'에서 그림책 읽어주는 봉사를 했습니다. 매년 열리는 '매봉산 축제'에서 꽃밭 부스는 인기가 많습니다. 우리는 두 해 동안 쓴 글을 모아 문집을 만들기도 했습니다. 엄마로 사는 일, 아이 키우는 일, 모든 것이 감사하고 행복한 일이라는 것을 배웠습니다.

그림책을 읽으면서 내 속에 있는 것들을 보게 되고, 쓰게 되고, 마음 시원해지는 놀라운 경험을 했습니다. 게다가 장난감을 던지면서 산만하게 노는 우리 집 사내 아이들에게 그림책을 읽어주니 신기하게도 가만히 듣고 있는 것입니다. 꽃밭 모임 덕분에 우리 아이들에게 좋은 그림책을 참 많이도 읽어주었습니다. 그 후로도 그림책 강의가 있으면 쫓아다니고 좋은 그림책들을 사 모읍니다. 사람들을 만나면 그 어떤 육아서보다, 교육책보다 그림책이 위에 있다고 자신 있게 말합니다.

언젠가는 나도 재미있는 그림책을 쓰고 싶습니다. 권정생 선생님처럼 작은 것에서 행복을 찾고 만족하며 이 세상에 쓸모없는 것은 없다는 교훈을 주는 그런 아름다운 책을 쓰고 싶습니다. 〈강아지 똥〉이나 〈오소리네 집 꽃밭〉처럼 말입니다. 그림책 꽃밭의 이름도 〈오소리네 집 꽃밭〉에서 따온 것입니다.

'도서관 가는 길' 카페에서 그림책 모임을 하면서 커피에 관심이 생겨 바리스타 자격증과 라떼아트 자격증을 취득했습니다. 심사 때 심사위원들이 양손의 장애를 가지고 라떼아트에 도전한 바리스타는 처음이라며 많이 격려해 주었습니다. 한 손에는 우유가 가득 들어 있는 우유 스팀 피처를, 다른 손에는 커피가 든 컵을 들고 커피 위에 자유롭게 그림을 그릴 수 있어야 합니다. 쏟아 엎기 직전에 간신히 하트를 그려 합격했습니다. 매 순간이 기적입니다. 매 순간이 마지막 순간입니다. 최악은 없습니다. 간절히 바라면 이루어집니다.

해바라기 모임

한국에 돌아온 후 '해바라기회'와 '장애인 인권'과 같은 사회복지 관련 단체 활동에 참여했습니다. 내 모습이 남들과 다르고, 지체장애 3급이란 꼬리표가 있기 때문이기도 하지만, 한국과 미국을 오가며 미국의 좋은 복지 제도와 정책을 보았기에 그런 점을 우리나라에 도입하여 나누고 싶었습니다. 화상 아동, 장애 여성, 아내, 엄마, 부모 그리고 '나'로서 나누고 싶은 것이 너무나도 많습니다.

2012년, 화상 환자 자조모임 '해바라기'를 만났습니니

2015년 해바라기 송년회 모습

다. 화상의 아픔을 가진 사람들과 그의 가족들로 이루어진 모임입니다.

화상재건 수술은 나의 경우처럼 화재보험이 흔치 않은 시절 화상을 입은 사람에게는 성형 수술로 간주됩니다. 미용성형 수술로 분류되어 있어 건강보험 혜택을 받지 못합니다. 한 번의 피부 이식 수술 비용이 500만원에서 많게는 천만 원까지 나옵니다.

한국에서 수술을 받고 싶어 본국으로 돌아왔지만 나의 간절한 희망보다 눈앞에 냉혹한 현실이 먼저 들어왔습니다. 아기들을 키우는 주부였기에 마음 놓고 치료 받을 수 있는 환경이 못 되었습니다. 지푸라기라도 잡는 심정으로 내 사연을 A4 용지 4장으로 간추려 화상 병원과 수술비 지원사업 본부, 복지기관, 재단 등에 우편으로 보냈습니다. 방송에 출연하여 이와 같은 어려움을 호소하기도 했습니다.

베스티안 화상후원재단이라는 곳에서 연락이 왔습니다. 조건이 맞지 않아 수술비 지원은 해줄 수 없지만 내 사연을 읽었고 좋은 결과 있길 바란다며 응원해 주었습니다.

베스티안 재단의 응원에 힘입어 좀 더 용기를 냈습니다. 나와 같은 사연, 아픔, 고민을 가진 사람들과 소통해야겠다고, 그들의 도움을 받아야겠다고 생각했습니다. 당기는 얼굴과 목에 피부 이식 수술이 필요했습니다.

수소문 끝에 해바라기회 오찬일 회장님과 전화 통화가 닿았습니다. 또 한 번의 기적이 일어난 것입니다. 하늘에서 또 한 명의 천사를 보내 주었습니다. 오 회장님이 내 사연을 읽고 안타까워해 주고 공감해 주셨습니다. 오 회장님도 화상의 아픔이 있다고 했습니다.

오 회장님이 병원 선택과 보험 적용 혜택과 수술 방법에 대해 자세히 설명해 주셨습니다. 오 회장님의 도움 덕분에 나는 감당할 수 있는 비용으로 수술을 받았고 수술은 성공적이었습니다.

해바라기 모임에 참석하면서 좋은 사람들을 만나 그들과 함께 아픔을 나누며 나날이 행복이 커져갔습니다. 지금까지도 해바라기와의 인연이 이어지고 있고 오 회장님은 나의 멘토가 되어주셨습니다.

7장

함께하는 세상

나눔의 기쁨

2014년, 한국 인체조직기증 지원본부(현재는 장기기증 운동본부와 합병) 시민 홍보대사로 활동을 시작했습니다. 꿈 같은 일이었습니다.

나는 그동안 받기만 하며 살았습니다. 에이미 수녀님의 도움으로 미국 슈라이너스 병원에 갔고, 슈라이너스 병원에서 무료로 수술을 받았고, 의사 선생님 덕분에 집게손을 얻었고, 학창 시절엔 선생님들의 관심과 사랑으로 학교를 다녔으며, 코메나카 선생님의 보살핌으로 대학을 졸업할 수 있었습니다. 내가 이 순간을 만끽할 수 있도록 도움을 준 분들이 너무나 많았습니다. 이런 내가 누군가에게 위로를 주고 나눔을 할 수 있게 되다니! 말로 표현할 수 없이 기뻤습니다.

나는 인체조직 기증 희망 서약자입니다. 누군가에게 보탬이 될 수 있다면 기꺼이 나누겠습니다. 나눔과 도움이 없었다면 지금의 나도 없었을 테니까요.

홍보대사 활동은 그리 어렵지 않았습니다. 나처럼 화상을 입은 사람들, 안면장애가 있는 사람들, 장애로 힘겨워하는 사람들, 마음이 데어 아픈 사람들을 위해 내 경험을 들려주는 것이었습니다. 그들과 똑같은 아픔을 먼저 겪은 내가 이야기를 들려주면 위로가 된다고 했습니다. 그 말을 들으면 나 역시 힘이 나는 것 같았습니다.

한국 인체조직기증 지원본부에서 매년 개최하는 '감사의 날' 행사에 아이들과 함께 쿠키를 만들어 판매하여 후원했습니다. 행사가 끝나고 코메나카 선생님께 이메일을 보내자 선생님은 언제나 그렇듯 "고맙고 사랑한다"는 답장을 보내왔습니다. 홈리스에게 핫도그를 건네며 행복해 하던 선생님 마음을 이제야 조금 알 것 같습니다. 가진 것이 없어도 나눌 수 있다는 것을 배웠습니다.

2015년 화상 환자를 위한 보습크림 홍보 영상과 샌드아트 촬영을 했습니다.

홍보대사 활동을 하면서 가장 기억에 남았던 일은 2015년 방송인 임혁필 님께 샌드아트를 배워 화상 환자를 위한 보습크림 홍보영상 제작에 참여한 일입니다. 화상 환자들에게 보습은 매우 중요합니다. 여름에는 흉터에 가려움증이 오고, 겨울에는 흉터가 트고 갈라지기 때문에 적절한 보습이 필요합니다. 시중에 판매되는 보습제는 비급여 약품으로 취급되어 고가에 판매되었기에, 많은 화상 환자들이 보습에 어려움을 겪고 있습니다. 나 역시 사계절 내내 핸드크림과 바셀린을 가방에 넣고 다니며 수시로 발라줍니다.

감사하게도 한 화장품 업체에서 화상 환자와 피부 보습이 필요한 사람들을 위한 사회 환원 사업의 일환으로 보습제를 만들어주겠다는 답변을 받았습니다. 나는 3개

윌가랑 직접 내 흉터에 보습제를 발라보고 샘플링에 참여하고 홍보 영상에도 직접 출연했습니다. 성공적이었습니다. 현재 보습크림은 저렴한 가격에 많은 사람들에게 판매되고 있습니다.

마라톤 대회

2014년, 또 하나의 새로운 세계에 도전장을 던졌습니다. 마라톤입니다. 나는 이미 6살 때부터 '인생'이라는 마라톤을 시작했는지도 모릅니다. 같은 조건에서 출발해도 따라가기 힘든데, 저만치 뒤에 있었으니 출발 지점까지 가는 길은 또 얼마나 멀고 힘들던지요. 수많은 수술과, 학교 폭력과 왕따, 가족과의 이별, 사회의 시선과 편견이란 장애물을 넘고 넘어, 돌고 돌아 출발선까지 도달하는데 이만큼의 시간이 걸렸습니다. '오늘'이라는 출발선에서 나는 매일 출사표를 던집니다.

저소득층 화상 환자들 수술비 마련을 돕기 위한 춘천 마라톤 10킬로미터가 있다고 하여 부지런히 체력을 단련해 2014년 처음으로 마라톤 대회에 나갔습니다. 나 외에도 13명의 해바라기 회원들이 함께 달렸습니다.

누군가를 돕는다고 시작한 마라톤이지만 완주하고 보니 나를 위해 달린 것이었습니다. 결승선을 앞에 두고 아팠던 지난날들이 한 장면씩 떠올랐습니다. 나는 그 기억들을 모르는 척하지 않고 하나 하나 잘 만나주고 보냈습니다. 그동안 나도 모르게 무거운 짐을 지고 있었나 봅니다. 마라톤을 끝내고 나니 몸과 마음이 홀가분해졌습니다.

달리는 중에 온몸이 땀으로 범벅되어, 몸과 다리는 후들거리고, 발바닥 피부 이식 했던 부위가 당겨서 고통스럽고 호흡이 가빠져 포기하고 싶었지만 내가 견디어 온 지난날을 생각하면서 오늘 이것까지 잘해내고 싶었습니다. 우리 아이들이 결승선 근처에서 함박웃음을 짓고 있었습니다. 이후로도 매년 우리는 한 해도 빠지지 않고 마라톤 대회에 나갔습니다. 1등이 목표가 아닌 완주를 목표로 달리고 있습니다.

A10

25년前 '유치원 火災' 소녀, 55만 화상환자 위해 春川 달렸다

2014년 〈조선일보〉에 우리 가족 사진과 함께 내 사연이 실렸습니다.
덕분에 우리나라 55만 화상 환자들의
어려움과 아픔을 세상에 좀 더 알릴 수 있었습니다.

2018년 가을, 어김없이 나와 해바라기회는 춘천 마라톤 대회에 참가했습니다. 그리고 변함없이 MC를 맡은 배동성 씨가 "여러분이 없었다면 나 배동성도 없다"는 말로 인사를 시작했습니다.

나 역시 해바라기회 분들이 없었다면 이런 도전도 없었을 것이란 생각이 들었습니다. 이번 마라톤은 특별했습니다. 배동성 씨가 해바라기회를 위해 파이팅을 외쳐 주었고(수많은 마라톤 출전자들이 MC의 파이팅 멘트를 듣기 위해 손을 흔들고 눈빛을 보내고 등을 돌려 티셔츠에 적힌 팀명과 구호를 보여주기 바쁩니다) 우리 아이들이 꼭 만나

2018년 춘천 마라톤에 참가한 해바라기 회원들이
완주 후에 파이팅을 외치고 있습니다.

고 싶어 했던 이봉주 선수가 참가자들을 격려해 주기 위해 대회장에 방문해 만날 수 있었습니다.

이날 춘천에는 종일 비가 내렸습니다. 비를 맞아 온몸이 젖은 채로 출발해야 했습니다. 해바라기회 회원 한 분이 말했습니다.

"마라톤다운 마라톤이 되겠군!"

우린 그렇게 매몰찬 비를 맞으며 마라톤다운 마라톤을 완주했습니다. 2014년 13명의 회원으로 시작했던 마라톤이 2018년 올해는 31명으로 3배 가까이 늘어났습니다. 우리는 서로의 목에 메달을 걸어주며 파이팅을 외쳤습니다. 우리의 도전은 앞으로도 계속 이어질 것입니다.

올해 최고령 마라토너의 나이가 90세라고 합니다. 해바라기회와 함께 매년 마라톤에 출전해서 나도 그렇게 긴 세월을 달리면 좋겠다는 소망을 갖게 되었습니다.

"에이미 수녀님, 기억 나시죠? 제가 수녀님을 처음 만났던 춘천에서 마라톤을 완주했어요. 고맙습니다. 그립습니다."

한국에 돌아와 수녀님께 연락을 취해 보았으나 본국으로 돌아가셨다는 소식 외엔 알 길이 없었습니다. 연세가 아흔 살이 다 되셨을 텐데 에이미 수녀님이 너무나 보고 싶습니다.

멘토링

2015년, 베스티안 재단에서 후원하는 멘토링 사업에 참여했습니다. 베스티안 재단을 만난 것도 뜻밖의 선물이었습니다.

해바라기 오 회장님이 만나보면 좋을 것이라며 '베스티안 화상후원재단'이란 곳을 소개시켜 주었는데 일전에 내 사연을 읽고 응원 전화를 주었던 바로 그 재단이었습니다. 심지어 재단 대표님이 미스코리아 출신 설수진 대표님이었는데 하와이 살 때 즐겨 보던 '좋은 아침' 방송 프로에 나왔던 분이어서 더 반가웠습니다. 특별한

어느 의사 선생님께서 우리들 모습을 보고
스케치를 해주셨습니다.

인연은 이렇게 나를 감동시키고 웃고 울게 만듭니다. 설 대표님과 나는 좋은 친구가 되었습니다. 감사한 인연의 행진이 이어졌습니다. 하루 하루 기적 같은 일들이 생겨났습니다.

멘토링 '아이앤맘'은 화상을 입은 엄마, 화상 아동을 둔 엄마, 그 가족들의 모임입니다. 내가 그들의 멘토가 되어 다양한 활동을 하며 캘리그라피, 냅킨아트, 지점토 공예, 방향제 만들기 같은 취미 교육도 함께 배웠습니다. 취미 교육이 끝나고 우리가 직접 물품을 만들어 플리마켓을 열었습니다.

플리마켓을 여는 아이앤맘을 보고 우리 모습을 스케치해 준 분이 있었습니다. 멀리 지방에서 올라온 의사

2015년 아이앤맘 멘토링 활동을 통해
전국사회복지나눔대회에서 표창장을 받았습니다.

분인데 지나가다가 우리를 보고 그려준 것입니다. 스케치가 얼마나 아름다웠는지 모릅니다.

"내가 추구하는 삶과 행복이 바로 이런 것이었어!"

감동과 기쁨이 밀려왔습니다. 내 삶 속에 그림 그리는 의사 선생님이 들어온 것입니다. 그림 그리는 의사 선생님의 삶 속에 우리 아이앤맘이 스며들었습니다.

각자의 재능과 열정으로 만나고 나누는 그날은 특별한 날이 되었습니다. 이런 스케치가 만들어지는 마법이 곧 내가 바라는 '행복'입니다.

우리가 만든 물품은 완판되었습니다. 플리마켓 판매 수익금으로 화상 아동 수술비 지원을 했습니다. 아이앤맘 회원 한 분이 의사 선생님이 그려준 스케치를 담아 머그잔으로 만들어 나누어주었습니다. 앞으로도 이렇게 '행복'을 나누면서 살면 좋겠다는 생각을 했던 순간입니다.

아이앤맘 멘토링 활동 덕분에 2015년 전국사회복지나눔대회에서 한국사회복지협의회장 표창을 받았습니다. 나를 존재할 수 있게 해준 많은 천사들에게 주는 상이라고 생각했습니다.

꿈

아이들이 내게 꿈이 뭐냐고 묻습니다.

"엄마는 작가가 되고 싶어. 글을 쓸 때가 가장 행복해."

어디서 들었는지 "대한민국 짝짝짝짝짝~" 리듬에 맞춰 아이들이 박수를 치며 응원해 줍니다.

내게 글이란, 기쁨이자 동시에 슬픔입니다. 버티기 위한 생존 도구였습니다. 누구에게도 할 수 없는 말을 글로 쓰면서 위로 받았습니다. 병원에 갇혀 답답할 때면 책을 통해 세상을 배웠습니다.

도서관에 앉아 책을 읽는 우리 아이들을 보면 어린 시

절 병원 침대에서 홀로 책을 읽던 내 모습이 떠오를 때가 있습니다. "너희들이 누리고 있는 지금의 일상이 어린 시절의 엄마에겐 가질 수 없는 꿈이었고 누려보지 못한 행복"임을 알아달라고 말합니다.

구태의연한 나의 사고방식을 아이들에게 강요하는 것이 아닐까 불안한 마음이 들기도 하지만, 오히려 아이들이 엄마의 이야기를 더 듣고 싶어 합니다. 엄마가 살아온 날들을 칭찬해 주고 싶다고 합니다. 엄마 말이 맞고 그때 엄마를 괴롭혔던 친구들이 잘못됐다고 합니다.

지금처럼 건강하고 지혜로운 아이들로 자라길 바랍니다. 아이들 앞에 놓인 작고 소소하고 평범한 일상이 감사함이라는 걸 오늘도 내일도 나누며 살 것입니다. 공부하기 싫다, 학원 가기 싫다, 운동 가기 싫다, 아이들이 귀여운 불평을 늘어놓을 때면 나는 이야기꾼이 됩니다. "어릴 적 엄마처럼 놀림 받는 친구를 만나면 지나칠 것이냐, 지켜줄 것이냐, 무엇으로 어떻게 도와줄 것이냐"라고 이야기를 시작하면 아이들이 벌떡 일어나 "공부를 열심히 해서 훌륭한 사람이 되어야 한다"며 학원에 갑니다. 엄마는 이야기꾼이 아니라 잔소리꾼이라고도 합니다. 아이들이 내게 주는 위로가 얼마나 큰지 나 역시 아이들에게 받은 것들에 감사하며 살아갑니다.

유난히도 더웠던 2018년 여름, 내 집 마련의 꿈을 이루었습니다. 아담하고 오래된 아파트지만 난생 처음 느껴보는 감동이었습니다. 이사를 도와주시는 분들이 집에 해가 잘 든다며 좋은 기운이 느껴진다고 합니다. 나는 지금 두 아이의 엄마로 평범하게 살고 있습니다. 잠을 자다가도 꿈을 꾸는 것이 아닐까, 이렇게 큰 행복을 누리며 사는 게 믿겨지지 않아 잠든 남편과 아이들을 확인할 때가 있습니다.

추석을 맞아 아이들 학교에서 한가위 강강술래 행사가 있었습니다. 동네 아이들과 마을 주민들이 한복을 입고 한자리에 모였습니다. 북, 장구, 꽹과리 소리에 맞춰 서로의 손을 잡고 원을 돌며 노래하며 춤을 췄습니다. 가을 밤, 풍물놀이 소리가 마을에 울려 퍼졌습니다. 그 흥겨운 소리가 귀를 타고 내 마음에도 잔잔히 울려 퍼지는 것 같았습니다.

지나갈 것 같지 않던 고통의 시간들이 지나갔습니다. 해가 지면 눈물로 밤을 보냈던 시간이 있었습니다. 봄,

여름, 가을, 겨울을 몇 번 겪고 나니 30년의 세월이 흘렀습니다.

2014년 세월호 사건을 겪은 부모님들을 생각합니다. 내 이야기 같아서, 솟구쳐 오르는 슬픔과 눈물을 어찌하지 못합니다. 가슴에 묻은 자식을 평생 그리워하는 것은 물론 그때 다친 마음이 온전히 치유될 수 없다는 것을 나는 압니다.

화상 환자들 모임에 참여하면서 화상의 힘겨움을 견디지 못해 알코올 중독에 빠지는 회원, 자신의 처지를 비관하여 스스로 목숨을 끊는 회원도 보았습니다. 화상이란 완치가 없습니다. 취업, 결혼, 출산, 육아, 심리적 어려움이 누군가를 벼랑 끝으로 몰고 갑니다. 외모지상주의 세상이라고 불릴 만큼 겉모습이 중시되는 현 사회에서 얼굴에 화상을 입고 살아가야 하는 일은 고통 그 자체입니다. 화상 환우들끼리 우스갯소리로 화상은 비인기 종목이란 말을 합니다. 암이나 시각, 청각 장애인처럼 알려져 있는 병도 아니고, 남들 앞에 나서기 어렵고, 보이면 흉측하다고 하니 움츠러들고 숨어버리는 통에 '소수 장애', '비인기 종목 장애'라고 말합니다.

유서라면 나도 꽤나 써봤습니다. 유서를 쓰고 나면 한 번쯤은 잘살아보고 싶다는 간절함이 생기는 것 같았습니다. 다른 사람들 인생이 아닌, 내 인생인데 그들이 상처 준다고 내 인생을 포기하면 후회할 것 같았습니다. 남들과 공평하게 나누어 받은 내 인생입니다. 조금만 더 견뎌보자는 마음으로 지금까지 버티며 살았습니다. 로코모코 먹으면서 그렇게 말입니다.

화상의 아픔을 겪지 않았다면 몰랐을 일들입니다. 애써 외면하며 보려 하지 않았을지도 모릅니다. 그러나 내가 겪었기 때문에, 남들이 보지 못한 것을 보았기 때문에, 엄마이기 때문에 가만히 있을 수 없었습니다.

나 같은 처지의 화상 환자를 위해 나서서 일하고 봉사하라는 소리가 내 안에서 매일 들려옵니다. 그러나 또 한편으로는 나에게 시간을 주고 싶습니다. 우리 아이들에게 그림책을 읽어주고 가족에게 맛있는 밥상을 차려주는 일도 내 손으로 하고 싶습니다. 그림책 모임을 만나고 마라톤을 만나듯이 나 같은 화상 환자를 만나 이야기 나누고 용기를 내는 좋은 날이 올 것이라 믿습니다.

초등학교 3학년이 된 큰아이 이삭이 말합니다.

“요즘 인기 많은 유튜브 채널이 있는데 ‘이과 남자, 문과 여자’예요. 그 둘이 만나면 천생연분이래요. 아빠 엄마가 천생연분이란 뜻이죠.”

‘웃음’이라는 뜻의 이삭이 가족에게 웃음을 주는 이 순간도 기적이고 선물입니다.

폭염을 이겨내고 올해도 우리 집 화분에 과꽃이 피었습니다. 과꽃의 꽃말이 참 좋습니다. ‘나의 사랑은 당신의 사랑보다 깊습니다.’

굴곡진 인생길 달려 이곳까지 왔습니다. 30년 전 뜨거웠던 10월이 오늘은 좀 선선하게 느껴지네요. 다시 시작입니다. 아름다운 날들로 채워가겠습니다. 지금 이 순간이 견딜 수 없을 만큼 힘들고 아픈 이들에게 내 이야기가 위로가 되길 바랍니다. 분명 웃는 날이 올 것입니다. 내가 그랬듯이.

세상에 하고픈 말

요즘 같은 세상에 누가 장애에 대한 시선과 편견이 있냐며 묻는 사람들이 있습니다. 예전에 비하면 많이 개선되었고 따뜻한 사람들이 더 많은 것도 사실입니다. 그러나 여전히 '우리 안의 소수'와 '다름'에 대해 불편해 하는 사람들이 있습니다. "어쩌다 다쳤냐"고 묻는 사람들, 수군거리는 사람들, 뒤에서 이야기하는 사람들도 있지만, 눈빛 하나로, 행동 하나로도 수치심과 모멸감을 주며 조롱하는 사람들이 있습니다. 때론 그 눈빛이 잔상으로 남아 며칠간, 몇 달간 나를 슬프게 하고 아프게 합니다.

보이지 않는다고 존재하지 않는 것은 아닙니다. 아는 만큼 보인다지만, 보는 만큼 알게 됩니다. 입장을 바꾸어 생각하면 이해하지 못할 것도 없습니다. 소수에 대한 배려와 양보를 하자는 것이 아닙니다. 다름을 인정하고 친절을 베풀자는 요구가 아닙니다. 사람에 대한 평가를 멈춰 달라는 말입니다. 내가 NGO 활동을 하는 이유입니다.

요즘 같은 세상에 누가 화상을 입느냐고, 소방 시설이 얼마나 잘되어 있냐며 이야기하는 사람도 보았습니다. 지나가다 건물이 폭발해서, 근무 중에 회사에 불이 나서, 여행 갔다가 테러로, 교통사고로 화상을 입는 사람들도 수두룩합니다. 구급차가 골든타임을 놓치기도 하고, 예상치 못한 자연재해가 발생하기도 하지요. 이처럼 사고는 언제 어디서 불쑥 튀어나올지 모릅니다. 누구의 잘못도 아닙니다. 나처럼 우연히 유치원에서 화재를 만날 수도 있습니다. 나와 같은 사고가 반복되어 일어나지 않기를 바라며 안전하고 아름다운 사회를 함께 만들어 가자는 말을 하고 싶습니다. 편견을 내려놓는 일, 평가를 멈추는 일이 그 시작이 될 수도 있습니다.

스마트해진 세상 속에서 각종 범죄와 시선과 편견은 다른 방식으로 변해가고 있습니다. 지하철을 탈 때 사람들이 나를 쳐다보지 않고 스마트폰을 들여다보고 있으니 이전에 비하면 지하철 타기가 훨씬 수월합니다. 타인에 대한 관심과 시선이 많이 사라진 것입니다. 하지만 휴대폰 카메라는 나의 아픔을 겨냥하고 있었습니다. 무단으로 내 모습을 찍는가 하면 나의 사연을 허락도 없이 올려 이야깃거리로 삼기도 했습니다.

언론도 예외가 아닙니다. 화상 환자들에 대한 인식 개선 관련 인터뷰에 응했는데 내가 추구하고 바라는 세상엔 관심 없고 오로지 내 얼굴과 손 사진을 공개하여 이목을 끌기 바빴습니다. 아주 드물게 일어납니다만 1퍼센트의 확률이라도 내게 생긴다면 내겐 100퍼센트의 충격과 아픔이 되는 것입니다. 잘못되었다고, 이제 그만 멈추라고 말하지 않으면 더 큰 일이 생길 수도 있습니다. 그래서 더 크게 목소리를 내는 것입니다.

나는 오지랖보다 무관심을 좋아합니다. '정'이라는 말로 포장된 '지나친 관심'보다는 무심한 듯 관심 갖지 않아주는 '따뜻한 무관심'이 좋습니다. 더러는 내게 자격지

심이 있느냐고 묻습니다. 그럴지도 모르지요. 하지만 공감 능력이 뛰어나서, 격하게 몰입해서 그런 것이니 이해해 달라고 말하고 싶습니다. 비난과 비평을 구분하지 못하냐고 묻는 이들도 있습니다. 예민하게 받아들이지 말라고도 합니다. 하지만 예민하지 않기가 쉬운 일인가요?

따뜻한 눈으로 보아주고, 애썼다고, 고생했다고 말해주는 일이 그렇게 어려운가요? 우리 함께 예쁘게 살면 안 될까요?

장애는 극복이 없다고 하지요. 나도 때론 숨고 싶다가, 때론 용기 내어 세상 밖으로 나왔다가 다시 숨길 반복하며 살고 있습니다. 숨고 싶은 날보다 나가서 놀고 싶은 날이 많고, 상처를 받는 날보다 덜 받는 날이 많고, 날씨가 흐린 날보다 맑은 날이 많으니 삶 속 '다행 찾기'를 하며 살 뿐입니다.

숨을 고르고 하늘을 올려다봅니다.

내일도 둥근 해가 뜰까요?

글을 마치며

공모전에 낸다고 밤마다 글을 쓰면서 두 가지를 얻었습니다. 하나는 골병이고 다른 하나는 자포자기입니다. 틈만 나면 컴퓨터 앞에 앉아 글을 썼더니 어깨에 담이 와서 일주일을 물리치료 다녔습니다. 이번에 배운 '자포자기'는 '내려놓음' 내지 '받아들임'과 같은 긍정의 포기입니다.

글을 쓰다 보니 있는 그대로의 나를 볼 수 있었습니다. 남들과 다르기 때문에 악바리로 살아왔고, 장애를 넘어서는 방법은 남들보다 몇 배로 열심히 해내는 것뿐이라 믿으며 어떤 강박증 같은 것에 갇혀 살았습니다. 제 사연에 관심을 갖고 책을 출판할 생각 없느냐고 제안이

들어온 적도 있었지만 저는 제 힘으로 공모전을 통해 당선되고 싶었습니다. 내가 원하는 글을 쓰고 싶고, 문학으로 풀고 싶고, 작가 공모전을 통해 데뷔하여 롱런하는 글쟁이가 되고 싶었습니다. 그렇게 꿈을 이루고 싶었습니다.

공모전에 최종 원고를 넘기고 나니 이제 쉬어가고픈 생각이 듭니다. 있는 그대로의 나 자신을 바라보기로 했습니다. 솔직히 조금 지쳤습니다. 쉬고 싶고, 기대고 싶고, 울고 싶기도 합니다.

한국에 돌아와 수없이 이력서를 넣었습니다. 장애 난에 장애 3급이라고 기재하면 면접의 기회조차 잘 오지 않았습니다. 장애 유무를 적지 않으면 면접의 기회는 얻을 수 있었지만 제 흉터를 꺼려하는 심사위원들의 얼굴 표정이 결과를 바로 말해 주었습니다. 제게 있는 흉터와, 아이들을 낳고 기르며 생긴 경력 단절의 시간과 어느덧 서른 중반의 나이는 구직의 어려움으로 이어졌습니다. 출장도 야근도 주말 교육 같은 것도 갈 수 없는 엄마입니다. 나를 써줄 곳이 마땅치 않은 건 어찌 보면 당연하다는 것을 알게 되었습니다. 대학원에 진학해 공부를 해보기도 하고, 간간이 번역거리를 받고 아르바이트를 하기도 했고 방학 땐 아이들 영어 과외를 하며 돈벌이를 했습니다. 그러다가 운 좋게 올해 10월 한신대학교에 취직하여 좋은 사람들과 좋은 계절을 나고 있습니다. 우리나라 10월 기후답게 시원하고 선선한 계절을 말입니다.

씩씩하게 보이지만 저는 슬픔이 많은 사람입니다. 마음 약하다는 소릴 듣지만 도전하길 두려워하지 않습니다. 아이들이 아파 열이 나는 날엔, 아이들을 두고 출근할 수 없는 엄마지만 아이들만 보고 살기엔 밖으로 나가야 하는 사람입니다. 골병도 자포자기도 내겐 다신 경험할 수 없는 선물이고 배움입니다.

히든작가 공모전을 통해 다시 초심으로 돌아가 배우고 있습니다. 글을 쓰는 사람들을 만나게 되었고 진짜 내가 좋아하는 일을 하는 기분을 느끼며 살고 있습니다.

출근한 지 며칠 지나지 않아 우리 부서 특송이 있어 저는 앞에 나가 동료들과 함께 찬양을 불렀습니다. 찬양을 하는데 왠지 모르게 마음 한켠이 찌릿하고 눈물이 핑 돌았습니다. 환영한다며 총장님께서 성경책을 선물로 주셨습니다. 삶이 힘들어 오랫동안 내려놓았던 성경인데 요즘 다시 성경을 읽고 있습니다. 계약직이라 월급이 많진 않지만 나는 월급을 보고 일하지 않겠노라 오래 전부터 생각해왔습니다. 그저 나를 믿어주고 선택해준 만큼 열심히 일하다 떠나자고 생각했습니다.

이 책을 통해 제 이야기에 공감해 주는 단 한 명만 있어도 감사하겠습니다. 도전해야 할 땐 골병 날 만큼 도전하되, 포기해야 할 땐 과감하게 포기하며 살길 바랍니다. 행복이란 어디에도 없고 어디에나 있고 우린 어차피 모두 다르고 똑같으니까요.

출판사 대표님께서 강연을 해볼 생각이 없냐고 묻습니다. 글쎄요, 아직 거기까지 생각해 보지 않았습니다. 이런 아마추어 작가의 삶과 책이라도 귀기울여 줄 누군가가 있다면 아니, 그저 얼굴 마주보고 앉아 봉지커피 마시며 어찌 살았냐고, 어떻게 버텼냐고 수다 떠는 일이라면 달려가고 싶은 마음은 듭니다.

괜찮다고, 애썼다고 이번 책은 일단 이렇게 마무리하자는 출판사 대표님 말씀이 얼마나 위로가 되었는지 모릅니다. 제가 여러분에게 드리고 싶은 말도 "괜찮다"입니다. 괜찮고 잘될 것입니다. 내일도 우리를 비추는 해가 뜰 테니까요.